U0626880

먼
바
다

远海

〔韩〕

孔枝泳

———— 著

徐丽红

———— 译

北 京 出 版 集 团

北京十月文艺出版社

遥远的海

——给遥不可及的爱的献词

目　录

远

海

1

请用饱含思念的目光确定我有没有跟随

请用爱将我扶起

犹如微风托起燕子

不论烈日炎炎，不论暴雨狂风

请让我们飞向远方

可是，如果我的初恋重新将我呼唤，我该
    怎么办？

请紧紧拥抱我。

犹如威风凛凛的大海拥抱波浪。

请带我远走，带我去你藏在山里的家。

用平安做屋顶，用爱做门闩。

可是，如果我的初恋重新将我呼唤，我该
    怎么办？

——萨拉·梯斯苔尔《飞翔》

说是遥远的海，然而那水似乎并不很深。西海是近乎淡绿色的翡翠。阳光亮闪闪地洒落在海面，看上去有几分透明。空气潮湿而炎热，却是游泳的好天气，如果投入大海，水里应该温暖得就像山斑鸠的怀抱。他和朋友们的脑袋浮在辽阔而平静的海面上，像皮球。笑声不时地反射到水面，回荡在海边。看得见大海的山坡上，她独自站在林中，那里有弯曲的松树面朝大海而立。她不能和他们一起游泳，只能站在山坡上，伸长脖子看着他们。在迈阿密机场，排队登机去纽约的时候，她突然想起那个场景。那是四十年前的事了。

她来迈阿密纯属偶然。她就职大学的英文系老师们计划去美国旅行，因为要去迈阿密参加海明威学术研讨会，也算是文学之旅。中途有人因为不可避免的事情而取消了预约，这样就出现了空缺，于是她接到了紧急召唤。这算是事情的起因。他们说缺员的话，预订的酒店和包车都会出差错，所以给她特别的惊爆价。另外，她本来也正想去看看远在美国的母亲，于是决定加入队伍，不过只同行到迈阿密和基韦斯特。他们要在那里追随海明威的足迹前往古巴。正赶上安息年，她也计划去纽约探望母亲，接受他们同行的建议并不是什么难事。

决定去美国那天的下午，离开大学里自己的研究室之前，她给一个现住纽约的人打了电话。那是最近通过脸书建立联系的人。

四十年没见了。她不是第一次去纽约。这次决定去纽约也不是非要见他。但是，他这样回复道：

　　——很高兴能共进晚餐，如果可以的话，我想带你在纽约参观一天……

飞机将在上午早些时候抵达纽瓦克机场。她在回信中告诉他自己预订飞机的到达时间，还说自己先去新泽西的妹妹家，母亲住在那里，然后去曼哈顿的话，最快也要两点多。将近五年没见母亲了，身为长女的她刚到家就出门，连午饭也不吃，的确不太合适。为了配合早上七点起飞的航班，凌晨她就在迈阿密的酒店里起床，收拾东西的时候收到了短信。果然是他。

——这样安排行程怎么样?

3/22 12:15 午饭,请告诉我你想吃什么。

3/22 2:00—6:30 纽约观光

——以下是Suggestion(按字母顺序),如果有别的想法,一定告诉我。

切尔西市场

9/11 Memorial & Museum

(预约时间留出30分钟间隔,可以根据选择调整时间)

自然历史博物馆

Cooper Hewitt Smithsonian Design Museum

Frick Collection

Intrepid Sea, Air & Space Museum

Metropolitan Museum of Art

MoMA

Guggenheim Museum

Whitney Museum of American Art

*我有纽约大部分博物馆的通行证,我们可

以多去几家看看想看的东西，完全没问题。

7:00—9:00 Dinner

——场所可以从下面选择，或者说出你想去的地方。

The Capital Grille（克莱斯勒大楼）牛排屋

钟路会馆（韩国城）韩式烤肉

日餐（根据场所决定）

Buddakan 融合式中餐

他不是导游，却给四十年没见的人发来了以小时为单位制定的日程表，又像亮出菜单等待对方点餐似的列出餐厅名称，这让她有些哭笑不得。强行军似的参观了迈阿密和基韦斯特，昨天晚上跟大家告别时喝了太多的葡萄酒，她感到有些疲惫，甚至有点儿后悔计划跟他见面了。

——都可以。不过午饭我要在妹妹家陪母亲吃。还是按原计划，两点钟见面吧。

她简单地看了看他发来的列表，让他随便决定，回复之后开始整理旅行箱。短信提示音又响了。

——天气预报说纽约有雨。如果不下雨的话，我们可以去高线公园和哈得孙城市广场，不过最好还是去室内博物馆。听说你以前来过纽约几次？那么先告诉我以下几个地方你去过哪里。

3/22 2:00—6:30 纽约观光

切尔西市场

9/11 Memorial & Museum

（预约时间留出30分钟间隔，可以根据选择调整时间）

自然历史博物馆

Cooper Hewitt Smithsonian Design Museum

Frick Collection

Intrepid Sea, Air & Space Museum

Metropolitan Museum of Art

MoMA

Guggenheim Museum

Whitney Museum of American Art

*我有纽约大部分博物馆的通行证，我们可以多去几家看看想看的东西，完全没问题。

看到她的回复毫无诚意，他又发来同样的短信。他的性格本来就是这样吗？她不记得了。如果勉强回忆的话，他总是显得很冷漠，吝于表达感情，无法得知他的想法。眼睛时常带着笑意，然而整体气质却很严肃。也许正是因为这样，她才常常受伤吧。她好不容易回答说除了纽约现代艺术博物馆（MoMA）都不知道，他又发来了信息。

——你来过纽约几次，应该看过很多地方吧，不过因为下雨，最好是把方向集中在博物馆。那我们就在自然历史博物馆前见面吧。我的办公室就在那附近。那么，就在大厅里的恐龙前吧！

——去"9·11"纪念公园，最重要的是欣赏户外喷泉，看看几点钟下雨再做决定！（户外不需要门票）。

——对了，把你妹妹家的地址发给我。如果时间允许，我可以去接你。

短信铃声不停地响起。她不由得露出微笑。发走妹妹的地址，她这样写道：

——现在是凌晨三点半，你不睡觉吗？

2

四十年的时间有多长？有位哲学家说，如果人可以逃避时间，换句话说，无论时光如何流逝，如果还能珍藏着不变的东西，那就是活在永恒里了。可是会有这种事吗？不会的，所以永恒，永远也不会到达我们。

四十年。是啊，整整四十年了。犹太人逃出埃及，徘徊于旷野的时间。

逃出埃及的犹太人到达上帝应许的"流奶与蜜之地"，需要步行三天。现在看来是很近的距离。然而上帝却让他们徘徊于旷野，四十年都不能到达应许之地。消除生活在埃及期间沦为异教徒的大量习惯，消除有关尼罗河的鱼和黄瓜、西瓜、韭菜、葱蒜的记忆，直到重新恢复犹太民族的本来面目，再也想不起从前的埃及记忆，需要的时间就是四十年。她想起小时候修女说过的话。直到四十年之后，他们在埃及养成的异教徒习惯从身上消除了，才能寻找新的土地。如此说来，四十年就是忘却的时间，不可逆转的时间。

可是，即使过去四十年，分明还是有着不能消除的东西。那天他说过的话。黑暗的饭店挡着高高的隔板，排列着从外面看不见里面的简易房间。当时还是高中生的她面前的啤酒里泛着奶油色的泡沫。匆忙起身，开门走出饭店时，整个宇宙猛地下沉，紧接着全世界都倾斜了。也许是空腹喝啤酒所致的眩晕。突然抬头仰望，天空早已变得黑暗，宇宙似乎瞪大眼睛等待她的回答。那时，人生似乎在强迫她抛出命运的飞镖。直到现在，往事依然历历在目。不，她并没有刻意去记，那些记忆就像童年时代朋友家的风景，自然而然又被动地停在她的脑海里。偶尔她也努力去忘却，然而那些记忆从来不曾离开。所以，应该是被动的才对。

在那之后，她思考了很久。在他和我的有生之年，还有没有机会和他说起那个地方？如果有，我会问他吗？问他那天是什么意思？

决定和他见面的时候，不，应该是在决定见他之前，不，即使在不知道他是生是死的时候，她也常常思考那个结尾和意义。那天分别是十九岁和二十二岁的他们，如今已经站在了老年的入口。她女儿的年龄几乎是她当时的两倍，现在怀孕了。等到外孙出生，她就当外婆了。

"当外婆似乎比想象的还酷呢。"她经常这样跟朋友们说。

"世界上最真挚的爱就是对孙辈的爱。这份爱之所以最真挚，大概是因为除了爱，没有别的期待。"

她把自己早年喜欢的里尔克书信里的句子发给女儿。

亲爱的亚凛，我要给你介绍里尔克。这是他写的信。

致亲爱的女人露：

你好吗？

你的存在就像我第一次打开进入的门。

上帝应该知道这个事实。

现在，我偶尔会回到很久以前标记过我成长的门前，倚门而立……

救赎来到那时的我的面前

那是我为你祈祷

想念你

我相信你即使在远方，也会守护着我

我第一次为你祈祷，我的祈祷

静静地弥漫。

除了你和我，谁都不知道

我在为你祈祷。

所以我相信我的祈祷。

你腹中的新生命，也许会成为对我来说像里尔克的露·莎乐美一样的人呢。

从那之后，她和女儿亚凛就给腹中的胎儿取名为露。

3

她是讲授最近人气越来越低的人文学，尤其是德国文学的大学老师。念出里尔克这个名字的时候，现在再也没有人像二十岁的她那样带着些许的叹息。这并不是说现在的年轻人就没有梦想。那是温和的叹息，不涉及生计、就业、聘用考试，没有实用价值，只是夹杂在诗人名字里的轻轻的叹息和感慨。二十一世纪的年轻人没有这些，这不同于在二十世纪成长的她。女儿亚凛也是如此。究竟是叹息，还是感慨？那声让人犹豫不决的吐气。

飞机在迈阿密蔚蓝的晴空中穿行。舷窗下是迈阿密的海滩。还是清早，太阳已经升起来了。阳光强烈照耀，海边冷冷清清。昨天晚上还有很多年轻人像鱿鱼似的扭着身体走过迈阿密的街头，仿佛世界末日已经来临。肉欲像是要爆炸似的透出巴掌大的泳装。他们试图通过裸体展现肉欲，反而因为暴露太多而抛弃了肉欲。在迈阿密夜晚的街头，穿得多的人反而更性感。现在，那些因为肉欲而苦苦挣扎的年轻人已经熟睡了吧。他们的舞姿，他们的饮酒，他们以涣散的瞳孔和赤裸的身体席卷街头的徘徊，反而更像是急切的求救信号。她知道，虚无袭来的时候，人们的彷徨会表现得更加露骨。她知道，未被填满的空虚犹如白昼之后降临的夜晚一样理所当然。这就像口渴的人吞咽海水时的绝望。明明知道，也还是要做。极度的自我厌恶也是理所当然。曾经的她也彷徨，犹如那些年轻人。

那是某段年轻时光的碎片吗？通宵喝酒之后走上大路，偶尔会有蔚蓝的黎明挂在远处。越过醉卧街头的人们，她看见黎明像不小心从地下探出头来的萝卜，青翠欲滴。她来自潮湿黑暗的地方，这样的光令她痛苦。现在回想起来，她似乎被斜斜升起的冬日阳光晒得发青。苦涩的口水不停地逆流，她在垃圾堆旁呕吐，哭泣。因为那个像萝卜头一样青翠的黎明，那个像过早地把头探出地面而造成的瘀青一样的黎明，更重要的是因为年轻，居无定所。

年轻时的肉体和心灵都激烈得荒唐，犹如超速行驶的汽车，极有可能在短时间内发生致命的碰撞事故。正因为这些碰撞事故，她的心灵不到四十岁就已经伤痕累累了。仿佛生活将她按倒在水泥地上，噼里啪啦地狂殴不止。也许比痛感更难忍受的是不得不亲耳听见清晰的痛苦声音。

她习惯性地从手提包里掏出老花镜戴上，拿起了飞机上的杂志。她想，也许是自己太老了，而且读了太多的书，说不定心里正嫉妒迈阿密的青春，可以脱下压迫肩膀的衣服。别说爱情，连强烈的憎恶都没有就凋零了。长久以来她都认为，自己的人生在那个冬天就结束了。十九岁之后她唯一的冒险不是爱情，而是别离。这也是因为丈夫沉迷于大麻，乖乖地同意了她的离婚要求，否则这种事也不可能发生在她身上。对她来说，离婚只是平淡日常的延续。正如对他从来没有过依恋，离别也没有常见的激情，甚至没有恨意。她还给他付了一年的房租。

她想起四十年前那个寒冷的夏天，那个农作物都被冻坏的夏天，有的夏天那么寒冷，有的人生却从来不曾热烈，而这样的人生偏偏属于自己。因为失去的青春，她常常觉得自己从来不曾年轻，也不会变老。像从未被解开的字谜，又像因为过于早熟而无法成熟的小大人。

昨天夜里喝完葡萄酒，她离开众人，先回了房间。喝了杯热茶，准备躺到床上的时候，她感觉自己不能马上入睡，于是像往常那样翻开薄薄的诗集。罗喜德[1]的诗。

我的枯枝尽头

已经细得不能更细。

无法继续劈开。

请不要冲我吹气。

哪怕你的衣角掠过

我都怕自己会盛开。

——《一棵树的话》

1　罗喜德（1966—），韩国著名女诗人，生于忠清南道，毕业于延世大学国文系，著有诗集《致根》《野苹果》《消失的手掌》等。曾获金洙暎文学奖、现代文学奖、怡山文学奖、素月诗歌奖等。——译注

啪，好像有什么击中了心灵的角落。仿佛自己都不曾打开的多年封印被撕开了，心底似乎被轻轻剜了一下，陌生的痛感袭来。她情不自禁地把手放在胸口。经验告诉她这是不祥的预兆。她从冰箱迷你吧里取出小瓶威士忌，倒入杯子。窗外迈阿密的海滩灯火灿烂，好像听见有人在弹钢琴。埃里克·萨蒂[1]的《吉诺佩蒂舞曲》。那年的圣诞派对上，他弹奏的就是埃里克·萨蒂的《吉诺佩蒂舞曲》吧？她拿起手机，记录下来。

　　　　多久没有这样了？
　　　　坐在陌生城市的窗前喝威士忌。
　　　　脑海里响起记忆中的钢琴旋律，那么动听
　　　　亮着灯的窗户里，每个人都在辗转反侧吧。

　　　　你好，孤独！
　　　　相识多年，苍白而温暖的朋友

1　埃里克·萨蒂（1866—1925），法国作曲家、钢琴家。——译注

她坐在窗前翻看诗集。

曾几何时，我是根的信徒，
现在我相信树干胜过了树根，
相信树枝胜过了树干，
相信挂在树枝上的树叶胜过了树枝，
比起树叶，我更相信茫然凋落的花瓣。

日益稀薄
随时做好飘落的准备
——罗喜德《从根开始》

——各位乘客，本次航班飞往纽约纽瓦克机场。

她正想把手机调到飞行模式，正巧收到两条短信。一条来自女儿。

——妈妈，顺天金苞寺的红梅花开了。今

天凌晨，水仙花的球根应该在冰冻的泥土里翻来覆去吧。蝉的幼虫伸懒腰的声音和菜粉蝶蛹初次发生龟裂的声音……整个大地都在颤抖着说，新芽！新芽！吵得我睡不着觉。

可是清晨，妈妈，你知道发生了什么事吗？

我肚子里的露——也就是您的外孙——随着大地颤抖的声音踢我的肚子。

想起妈妈，我哭了。

妈妈怀我的时候应该也是这种感觉吧。

男人至死也不会了解的神秘。

仿佛我的身体里盛着另一个宇宙。

生命里竟然另有生命，哇!!!

妈妈，我第一次，第一次因为自己是女人，

因为自己有子宫，

第一次，第一次为此感到喜悦。

今天妈妈要去新泽西吧？代我向外婆问好……旅途愉快！

女儿发来的信息里绽开了吐血般的红梅花。

还有另一条消息。来自他。

——纽约很冷。零下2℃，还有强风。你穿厚衣服了吧？如果能在两点之前，午饭时间到达曼哈顿，给我发短信。我的办公室在中央公园旁边，可以提供午饭。说不定我还可以去接你。

直到这时，她才明白从昨天夜里到今天早晨停在她身体里的微弱痛感是什么。

远方，祖国的南部，红梅花已经盛开。水仙花和风信子的球根在地下深处耸动肩膀，蝉的幼虫伸懒腰，菜粉蝶的蛹开始裂开，女儿腹中的外孙踩着妈妈的肚子行进。覆盖全世界的大地血管里脉搏在跳动，新芽！新芽！对于衰老的自己来说，那些诗，这个早晨都好残忍。萦绕着春夜淡淡的香气……对于老去的人来说，万物复苏的春天是何等残忍。那个彻底占据了她人生春天的人，正在纽约等她。

她用一只手托着稍微有点儿发热的额头。

4

妹妹来了机场。虽然第一次来纽瓦克机场，但是比约翰·F.肯尼迪机场小，反而感觉很轻松。

"你看着很疲惫，没事吧?"

妹妹比她小十岁。母亲生下她之后身体变得虚弱，连续流产，失去了好几个孩子。独自长到十岁的她没能早早学会做姐姐，行为举止都像独生子女。母亲生下妹妹之后第二年又生了弟弟，反而是妹妹偶尔表现得比她更像姐姐。

"午饭想吃什么?"

往停车场走着，妹妹问道。

"妈妈说什么了?"

她问。妹妹回答说：

"妈妈在家等着呢。昨天去韩国超市买了好多东西，说要等姐姐来了再决定。"

"妈妈还是老样子吧?"

关于老样子的含义，姐妹俩彼此之间没有解释太多，但是都能听懂。

"老样子，非常。"

妹妹意味深长地笑了。

"因为妈妈，我总觉得对不起你。"

她把旅行箱放到妹妹的小车上，一边上车一边说道。正在这时，突然刮起了带雨的狂风。她不由自主地拢起外套，缩起身体。妹妹没有明确回应，似乎是在表达她的辛苦和艰难。我绝对不回韩国，眼里进土之前，我不想回韩国生活。母亲的态度是在挽回她这个长女的颜面吗？

"迈阿密暖和吧？"

雨点儿越来越大，妹妹打开雨刷，说道。

"什么叫暖和？很热的……"

"回答我，今天午饭想吃什么？"

"嗯，我想吃方便面。韩国方便面，辣的。"

妹妹发动汽车，反问道："方便面？"然后愉快地笑了。

"好，就这么办，又不是什么难事。"

许久不见，母亲更加衰老，更加瘦小了。稀疏的头发染黑了，蓬蓬松松地盘了起来。长久以来，母亲都认为自己瘦小玲珑的身材比例近乎完美。虽然不是特别漂亮，算不上美女，但她总是认真打扮自己，所以人们常常说她很美。也许她这样做是因为想听这句话。对于那个年龄的女人来说，细长得出人意料的腿的确很有魅力。以前留学的时候，西方男人说妈妈是长腿麻雀。这种说法对于姐妹俩来说已经是陈年旧话了。母亲原本傲慢的神情变得柔和了许多。见到母亲的瞬间，她感到欣喜，然而心底深处又有种被揪住般的紧张感。这种和平，这种喜悦，这种开心，这种思念，常常只需两天就坍塌了。即便如此，重逢还是令人喜悦。按照她的要求，母女三人煮了方便面，围坐着吃饭。摆出从韩国超市买来的泡菜，坐在餐桌旁吃辣方便面，她突然想起那些日子。

　　那年五月，父亲被带走之后，母亲就病倒了。光州传来屠杀的恐怖消息，犹如黑雾般弥漫整个城市。宵禁时间提前了，学校在下午两点钟就让孩子们放学回家。乘坐公交车回家的时候，车窗外的光化门街头停着坦克，站着持枪的军人。虽然不能和他们说话，但她感觉他们不可能和自己说同样的韩语。他们带着威迫感，像占领殖民地的野蛮帝国军队。街头的人们都像站在狂风暴雨里似的耷拉着肩膀，尽可能地缩着身体。回到家里，所有的窗户都挡上了黑色的窗帘，母亲戴着印有德国汉莎航空公司标志的黑色眼罩睡着了。昨天服用了过量的睡眠药，现在还没醒。天快黑的时候，她为弟弟妹妹煮好方便面，喊妈妈起床。

那年五月过后，尾随而至的夏天很冷。听说是几百年不遇的冷夏。父亲这两个字，谁都说不出口。因为从那之后，父亲再也没能回到餐桌旁。大家团团围坐的餐桌，就像穿越黑暗记忆的篝火，短暂却清晰地浮现在脑海里。

"去过基韦斯特了吗？"

母亲把大块辣白菜放在方便面上，问道。

"嗯，在那里住了两天。"

"海明威的家也去过了吧？那应该是为了和第二

位夫人生活而建的房子。猫也很漂亮。"

"真的很漂亮，有六个脚趾，好神奇，而且很老实，真不错。"

"海明威养的第一只猫有六个脚趾是基因突变，不过它的后代都延续下来。因为这些猫，海明威好像经常和第二位夫人争吵。"

"听说现在有五十只了，不过真的好漂亮。"

母亲的英语说得比她好。经历过殖民地生活，母亲的日语也没忘记，德语实力——尤其是发音——比她更好，也很有教养。除了时常挂在嘴边的对外貌的过分自信，以及偶尔像坦克般风卷残云的暴力性的固执，真的是很有魅力的老太太。尤其是可以用这种方式和她交谈。不过，如果不在这里停下的话，她会继续谈论海明威的第三任和第四任夫人。偶尔母亲表现得像是对她们有点儿嫉妒。因为每次提到海明威或赫尔曼·黑塞，母亲总是对他们的结婚次数进行猛烈的批判。她转移了话题。

"……听说他在那里写下了《战地春梦》?"

"也许是吧。我和你爸爸年轻的时候，人们都说我长得像《战地春梦》里的珍妮弗·琼斯……那时候我的腰围是二十二。"

趁着还没提到海明威和赫尔曼·黑塞的结婚次数，以及他们的夫人，及时转移话题，看来是做对了。

"姐姐，我给你盛点儿米饭吧？不要泡着吃好不好？方便面和冷饭最搭配了。"

妹妹突然起身说道，像是要打破所有的气氛。她先放下吃过方便面的筷子。

"不用。"

她简短地回答。

母亲接着说道：

"越来越胖，这真是个问题。给我盛点儿米饭。好久没吃方便面了，真好吃。这个热量很高的。"

突然，把饭放在桌子上的妹妹和她目光相遇了。毕竟今天是到达新泽西的第一天。怎么说也是母亲，五年没见了，现在见面还不到一小时，还是要保持冷静。

如今不同于从前，可以通过短信随时询问对方的近况，还可以视频通话。尽管五年没见，彼此并没有太多的好奇。直到吃过午饭看见放学回来的外甥女珍妮，她才真切地感觉到母女三人的重逢有多尴尬。直到珍妮出现在家里，她们才涌起真心的重逢喜悦。刚才插入她们对话的时钟声突然消失了，家里的空气仿佛紧绷起来。正在备战高考的珍妮梦想成为芭蕾舞演员。和那些天生比东方人腿长一拃的西方孩子竞争，这本身就不大可能，妹妹经常担心。好久不见的外甥女珍妮长高了很多，优雅得无以言表。乌黑浓密的清新发丝洒落到胸口下方——年轻人的头发不是下垂，而是洒落——腿似乎是受了外婆的影响，又细又长。仿佛她不是东方人，也不是西方人，而是新人类。

"哇，我们珍妮比金妍雅还漂亮。"

珍妮微笑着扑进她的怀抱。

"Thank you，姨妈，很高兴见到您。Welcome to 新泽西。"

她一把抱住珍妮，突然感觉自己正在抚摸纯真的青春，纯真而坚固的美丽。拥抱着珍妮，她第一次意识到珍妮的肩膀、胸部和手臂肌肉的饱满。这种感觉真的很罕见。她从女儿身上也没有过这样的感觉。单纯而美丽，单纯地年轻，很少杂质，这竟然存在，而自己单纯地感受到了这种存在。

十七岁，和珍妮相同的年纪，那时她从未看过自己的身体是什么样子。长发扎成两条小辫，穿着宽松的校服，要么就是肥肥大大的T恤衫加牛仔裤。偶尔也穿连衣裙，戴帽子，还留下过照片，但是没有对身体的记忆。身体，女人的身体在当时，在她那个年龄，在韩国，是看都不能看的禁忌。或许直到现在，她的身体对她来说依然如此。

"姨妈，外婆会跳芭蕾。"

珍妮把妹妹准备好的人参粉混入牛奶，边喝边说：

"外婆说人老了什么都要下垂，而芭蕾是什么都要往上，很适合老年人。外婆真的好聪明。问题是外婆不光跟着跳芭蕾，连我吃的东西也抢呢。"

珍妮哈哈大笑。正在这时，恰好看见母亲走进厨房，往人参粉里加牛奶和蜂蜜。

"你只想着自己变得苗条又漂亮吗？臭丫头！外婆像你这么大的时候，脚腕比你的还细。"

母亲话音刚落，珍妮又哈哈大笑起来。

"想苗条就不要吃方便面了，外婆。"

"所以说啊，我年轻的时候不管怎么吃，腰都细得只有一把。"

她突然明白自己为什么五年里从来不想来美国了。这次恐怕不到两天就会像上次似的因为鸡毛蒜皮的事情争吵，"算了，我去附近宾馆过个夜，然后直接回首尔了。你不用去机场，我打车过去"，然后带上行李住进了简陋的宾馆。姐姐和母亲之间总是对立，这让妹妹感到疲惫和担心，插嘴说道：

"姐姐，你约好的地方在哪里？今天是周五，要抓紧时间。我送珍妮去上课，顺便也送姐姐。姐姐累了吧，先洗个澡。"

她跟着珍妮和妹妹站了起来。

她看着映在浴室大镜子里的裸体。曾经鲜活的锁骨消失在变胖的肩膀里，总体来看很消瘦，只有乳房还像少女似的粉红而饱满。

"李美好老师的胸好漂亮，您知道吗？生了孩子乳头还能保持粉红色，这样的人在性方面很有魅力呢！"

她想起有一次泡温泉，英文系朴教授和她说的话，她害羞得连忙用毛巾遮住胸部。从那以后，每次去温泉和公共浴池的时候，她都会偷偷照镜子看乳房，也会偷看别人的乳房。直到过了五十岁的最近，她才知道原来乳头的颜色也和脸蛋一样千差万别。仅此而已。她从来没有仔细看过自己的身体，也没有看过其他女性的身体。赤裸的身体是羞耻，迟早还是要重新穿上衣服。新婚时节和丈夫同床之后，洗澡出来连文胸都穿好了，丈夫看着她似乎觉得不可思议。赤裸的身体令她不安。也许是受过贞洁教育的那代人特有的强迫症吧。有一天，她在女性朋友的聚会上说到这个话题，才知道这不只是教育的问题，还是性格的问题。是啊，她的母亲已经年过八旬，现在还不停地向她们炫耀自己的腰和腿多么纤细，不是吗？

打开花洒，她比平时更久地注视自己的身体。没看过年轻时候的身体，当然就不知道自己的身体瓦解到了什么程度。不，重新打量之下，她发现自己的裸体比想象中更美丽。她第一次有这样的想法。

洗完澡来到客厅，母亲和珍妮坐在那里。她感觉珍妮的目光带着异样的困惑。突然，母亲神情严肃地转头看着她。桌子上摆放着巴掌大的婴儿衣服。那是粉红色毛线织成的斗篷，像披风似的围起来，带子上挂有粉红色绒球做成的铃铛。珍妮垂下了饱含歉意的目光。外甥女听说姨妈来了，特意用零花钱买了婴儿衣服。虽然不常见面，可是听说表姐怀了孩子，她也感到激动和开心。

　　"珍妮说了，我才知道。亚凛要生孩子了吗？结婚了？"

　　母亲问道。

　　她情不自禁地抱起梦幻般松软的小巧而又漂亮的斗篷，先冲外甥女珍妮露出了微笑。

　　"真漂亮，珍妮。"

　　她没有告诉珍妮，亚凛肚子里的孩子是男孩。不过，这件粉红色斗篷对男孩来说也很漂亮。珍妮露出复杂的表情，好像在说，"姨妈，对不起。我不是这个意思。谢谢"，然后尴尬地离开了。

　　"不会是没结婚吧？"

　　母亲又问。

"没结。"

她简短地回答。母亲嘴里短促地流出掺杂着沮丧、轻蔑和愤怒的叹息。母亲拢了拢像用深紫色带子紧紧束起的长袍似的家居服，继续说话。她放假从德国回韩国，第一次提出要和亚凛爸爸结婚的时候，母亲就是这样的表情。

"怎么回事，这简直是晴天霹雳。又不是在美国，那是在韩国，这样合适吗？"

"不是美国，也不是德国，韩国最近也这样。"

"你姑妈和你叔叔家因为你离婚说了多少难听的话，亚凛竟然在韩国做了未婚妈妈，这到底……不是有修女修行的地方吗？我好像听说那儿可以安排条件好的信徒领养孩子。"

"妈妈！"

她提高了嗓门儿。

"为什么非要妈妈抚养呢？趁着孩子小，交给条件好的信徒领养吧。"

"那是亚凛的孩子，我们的孩子。我们又不是没有钱，身体也没有病，为什么要把孩子交给别人？"

"那你就放任她做未婚妈妈吗？"

"妈妈，马利亚也是未婚妈妈。"

刚到不久就抬高嗓门儿跟母亲说话，似乎有点儿卑鄙，可是她直接提到了母亲的信仰。母亲瞠目结舌，紧咬着嘴唇，还想再说些什么。她阻止了母亲。

"约瑟是个好人，上帝托梦给他，他并没有抛弃马利亚，可是亚凛孩子的爸爸不想这样，所以亚凛决定自己生下这个孩子。"

"圣母是你随便说的吗？你这孩子……嗯，你应该劝阻！"

母亲提高了声音，气势却明显弱了下去。

"妈妈，亚凛三十四岁了。这个年纪，你已经是三个孩子的妈妈了。"

她低声补充道。然后静静地调整呼吸，平复汹涌的激情。她再也不想说出那些不该说的话了。

"然后呢？妈妈幸福吗？坚决不肯在德国定居，拿到博士学位后回到韩国的父亲；不肯适当装糊涂，反抗独裁的父亲；恳请不要给枪杀独裁者朴正熙的金载圭判死刑，并在联名信上签名而被带走，回来时血肉模糊的父亲；随后被大学解雇，因为遭受严刑拷打而患病的父亲，面对这样的父亲，妈妈是怎么做的呢？父亲被带走的那个寒冷的夏天，妈妈没为我们做过一顿饭。父亲回来后得了病，妈妈每天都出门。每天早晨，妈妈低价雇用的小时工奶奶来做好饭，躺在黑屋里的父亲和我们从早到晚就吃这些。妈妈不是说过吗，特别讨厌这些事，特别讨厌。我在德国是受邀参加教授派对最多的女生！父亲痛苦了那么多年，妈妈却没完没了地说这些毫无意义的话，吃安眠药睡觉。父亲深夜死在妈妈身边，睡在隔壁的我赶过去的时候，父亲已经离开了人世。妈妈就是这样的人，无视父亲的痛苦，自己睡得那么沉。睡在隔壁的我都听见了父亲最后的惨叫声，妈妈却没听见。我讨厌这样的婚姻。可是现在呢，妈妈却劝我，劝我的女儿结婚?"

她闭上嘴，十九岁时的她注视着满身香水味的妈妈离开后的门，那时脑海里的想法此刻清晰地浮现。

"我不要成为那样的妈妈，在孩子们面前像十四岁似的撒娇，不管不顾地逃跑，哼哼唧唧地说太讨厌了，太讨厌了，我不要成为这样的妈妈。"

5

"姨妈，到时间了。外婆，我们走了。"

她抬起头，换上外出打扮的妹妹和珍妮站在面前。

"妈妈，我走了。如果不堵车的话，很快就回来。"

一上车，珍妮就明朗地问道：

"自然历史博物馆吗？大厅恐龙前面？"

"是的，珍妮，离这儿远吗？"

她反问道。珍妮咯咯笑了。

"不，不太远。哇哦，听说姨妈今天要和初恋见面？太浪漫了。自然历史博物馆的恐龙前面……这是谁选的地方？应该是姨妈这位文学教授吧？等我老了，也要约初恋在那里见面。不管认识多长时间，总不能比恐龙长吧。"

"珍妮，你有初恋了吗?"

她问。妹妹哭笑不得地说：

"当然了，已经是第五个男朋友了。"

珍妮打断妈妈的话，回答说：

"正要分手呢，不怎么满意……姨妈，其实我很想念前前男友。"

莫名的沉默持续片刻，她和妹妹不约而同地笑了。

"什么，想念前前男友？"

妹妹问道。

"嗯，我真正爱的人会不会是他呢？"

珍妮严肃地说。她笑了笑，转移了话题。

"珍妮，芭蕾辛苦吗？"

"辛苦啊。"

珍妮立刻回答。

"是啊，肯定很辛苦。用脚尖站立，和重力做斗争，从某种意义上说就是和自然，和自己做斗争。"

"姨妈，辛苦不在于用脚尖跳舞。最辛苦的是别的孩子在舞台上跳舞的时候，我们静静地站在后面。可是我们的芭蕾舞老师说，这种站立也是跳舞……"

"姐姐，你和那人还有联系吗？"

在芭蕾舞学院门前放下珍妮之后，妹妹的车驶过韩国人聚居的法拉盛，进入皇后区大桥附近。眼前不断涌过曼哈顿的高楼大厦，犹如巨大的侏罗纪时代的树木。"那人"，这个代词有点儿刺耳。不过也难怪，现在连她也不知道该怎么称呼他了。偶尔在脸书上对话，她也尽量避开称呼。

"好神奇啊。今天是星期五，我以为会很堵，想不到几乎没什么车。"

"是吗？谢天谢地。"

"三十分钟就能到自然历史博物馆门口。比约定时间提前了不少，没事吧？"

"嗯，没关系，进入室内就好了。"

快到博物馆门前的时候，雨停了。风更加猛烈，高楼大厦间乌云密布。明明是三月中旬，冷得却像隆冬时节。

"太冷了，我穿的都是薄衣服，怎么办啊？怎么说也是三月，太过分了。听说韩国梅花都开了。"

"这里的天气基本就是活见鬼。"

妹妹大概觉得自己不小心说了活见鬼这样的粗话，嘻嘻笑了。

"一直保持联系吗？"

妹妹又问。这次的提问没有主语，她也没有反问。现在，她和妹妹都不知道应该怎样称呼他了。

"不是的……前不久奇迹般，嗯，对，奇迹般地重逢了。我用脸书不是没多久嘛。有一天，拐了好几个弯竟然联系上了。听说脸书这东西，本来就是为了让分开的朋友重新联系……有一天，我的'可能认识的人'列表里出现了那个人的名字和面孔，起先我都不敢相信自己的眼睛。过了这么多年，竟然还能认出来。我正犹豫着要不要主动说话，对方发来了好友邀请，于是就这样了。"

妹妹点了点头，又问道：

"他结婚了？"

"嗯。"

当时她感觉妹妹的唇间透出隐约的叹息，只是没有表现出来。

"他在干什么？"

"不知道。"

"有孩子吗？妻子是谁？"

她突然笑了。

"脸书上看见了，四个孩子，这个我知道。至于妻子是谁……应该是女人吧。"

并不好笑的玩笑，妹妹却咯咯地笑了。

"四个孩子？活得真努力啊。当今时代，怎么就能做到不联系呢？你们两个，真是的。"

"是啊……是啊。"

她像傻子似的回答。仔细想来，她对他一无所知。如今这个时代，怎么会连对方是生是死都不知道呢？最近总算通过脸书获知他生活在纽约，知道他喜欢骑自行车。他不经常发消息，不过每次休假都会上传自己骑自行车的照片。偶尔也有孩子和孙子的照片。从消息来看，光是儿子就有四个，大概有两个已经结婚，生了孩子。他刚过六十岁，跟别人相比算是很早了。

"我也应该在脸书上找找他。他会用约瑟这个洗礼名吧？他是学者，小时候我就觉得他好漂亮。"

从妹妹的车上下来，风从四面八方吹来。她正要关门，妹妹打开窗户喊道：

"太冷了，拿着这个，姐姐！"

妹妹把自己围的黑色针织大围巾扔出车窗。高楼大厦间的狂风吹走了围巾，她跑出几步，像追风筝似的抓住了围巾。她对这里的寒冷还没有真切的感觉，然而当黑色针织围巾蒙在头上的时候，立刻就感觉到了温暖。

妹妹没有离开，又打开车窗。

"姐姐，玩得开心，晚点儿，再晚点儿回来！晚点儿，再晚点儿!!!"

妹妹似乎觉得自己很有深意，一个人咯咯笑着离开了。

她看了看表，距离约定时间还有二十分钟。

一九七八年，清凉里站，开往春川的列车正在进站。她和教堂的高中生们陆续上了火车。春川圣心女子大学举办天主教马利亚之城大会，她所在的教堂高中部全体参加，正要出发。他是高中部的领队。在飞驰的列车上，她和他相对而坐，因为她的朋友韩娜已经爱上了他。也许是这个缘故，韩娜冷冰冰的脸只要见到他就会变得通红。他在清凉里站把书包交给韩娜，自己去了别处。韩娜拿着他的书包，脸红得像被泼了葡萄酒。韩娜自己似乎也意识到了，不安地问："美好，我的脸很红吗？嗯？"因为不安，她的脸更红了。这是她和他的初次相遇。

她搬到这里没多久，刚刚进入教堂高中部，而他是本地人，也是这里的第一个神学生。她当然不可能认识他。

直到现在，她依然记得对他的第一印象。后来他们在黄色的蒲公英中间看见白色蒲公英的时候，她感觉很像对他的第一印象。白色的蒲公英，白色的亚麻桌布，白色的九节草，或者白色的大波斯菊。他没有双眼皮，眼睛很大，就像前面她会联想到花，似乎有点儿女性的感觉，也许是他身材修长而消瘦的缘故。也许他正抗拒成为真正的男人，这点不成熟的男性美恰好让身为女高中生的她们感到安心。只有眼睛带着盈盈浅笑，当时天主教学生全都把白衬衫塞进黑色裤子里，这样的打扮使他的长腿更加引人注目。同龄男生穿的是牛仔裤和脏兮兮的运动鞋，留着长头发，相比之下，他穿着白衬衫、黑裤子、黑皮鞋，留着短发，或许正是这端正的姿态吸引了她的目光。

她和他是一见钟情吗？也许是吧。如果不是这样，即使被朋友韩娜拉着坐在他旁边的位置，也没有必要故意目不转睛地盯着他的眼睛，默默吸引他的注意。回头想想，这是非常明确而清纯的诱惑。从他的眼睛里，她的灵魂已经知道，他，正如她对他，渐渐地互相吸收，进入彼此，浸染彼此。更知道这份爱足以点燃她对文学的渴望，而且很痛苦。一边靠近禁忌之门，一边说绝不会进入那道门，多么矛盾的冒险。

十七岁的她，每天都花很多时间照镜子，百般钻研，最后得出结论，鼻子有点儿丑，不过有着大瞳孔的黑眼睛足以让她自信满满。好朋友韩娜也承认，"不是说鼻子不好看，不过和鼻子相比，还是眼睛更美"。于是她早早地确定了计划，如果遇到喜欢的人，那就死死地盯着他看。像这样故意向别人展示自己迷人的眼睛还是第一次，当时她读女高一年级，身体已经长得像成人了，而他读大一。没什么奇怪。后辈女生崇拜高大英俊的男生，早熟而且高过同龄人的她被他看中，初恋该有的条件都具备了。年纪小，经常靠近，存在适当而甜蜜的障碍反而更安全。正如不知道地球通过重力让所有人直立的原理，也不妨碍人的站立，他们就这样互相了解对方。完全不知道相互之间是什么牵引着他们。

6

重龙。

庞大的恐龙站在大厅里，只剩骨头。

"生活在侏罗纪晚期的恐龙。1亿5600万年前到1亿4500万年前，生活在北美洲和非洲的恐龙。重龙，这个名字的含义是沉重的蜥蜴，身长23—27米，啃食树叶。它们凭借80多块骨头组成的长尾巴威胁其他肉食恐龙，实际上性情很温驯。"她站在那里，读着告示牌。竟然用"温驯"形容如此庞大的恐龙的性情，她突然笑了。从清早开始，不，从离开韩国到这里开始，她一直都在回味四十年，四十年岁月的意义，而它生活在1亿4500万年以前。

她环顾大厅，然后再次看着恐龙的年代思考。真像外甥女珍妮说的那样，所以约在这里见面吗？四十年，比起1亿5600万年来就像尘埃。这是他想说的话吗？

如此看来，这地方似乎真的很适合和阔别多年的初恋见面。她继续思考。为什么非要见他呢？这次见面的意义是什么？我问了，他会回答吗？回答了又有什么意义？想到这里她明白了，原来自己对他一无所知。

　　这时，挤满大厅的人群中间，黄色、褐色、黑色各种各样的头发、肩膀和上半身之间，有个人的视线闪闪发光，犹如狂风暴雨中隐隐透出的星光。她抬头看去，两双眼睛准确地相遇了。无须任何解释，她知道那是他。触电似的微弱痛感经过后脑勺，沿着脊背往下走，她有点儿冻僵的感觉。他好像刚才就在看她了。尽管在注视着她，然而四十年的岁月让他犹豫不决。经历了多年社会生活的她，嘴角噙着微笑。他走了过来。没有想象中的尴尬，却比想象中更明朗。他就是她通过脸书通过照片看到的样子。不愧是喜欢骑行的人，身材苗条而又结实。头发少了许多，但是没有秃。没有秃头，也没有发福，她对此心存感激。

　　"我来早了。"

四十年没见的人，应该说些什么呢？这样说合适吗？没想到说出来的话这么柔和，这么轻快。这就是四十年岁月的力量吧。

"我也早就来了。不知道为什么，我就觉得你会早来，没想到真的早来了。从法拉盛过来的话，车很多吧？"

他自然地拉起穿着黑色外套的她走了起来。走出几步，他似乎不敢相信，停了下来。

"真的见面了，在纽约曼哈顿！……做梦都不敢想。"

约好在自然历史博物馆恐龙前见面的时候，她就有这种感觉。现在，最后这句话久久地回响在她的耳边。陌生，尴尬，让人感到沉重。

她突然想起四十年前他家公寓前的游乐场，自己拂去秋千上的积雪，等到全身冻僵的那个夜晚。后来她拖着冻得失去知觉的脚，像拖木块似的回了家。他为什么没有出现？她想，原来记忆是如此顽固。她和他没有再见面。四十年。然后就是今天。她抬头看他，他面带微笑，一如从前，满是调皮的气息。还是老样子。似乎应该这样转达给某个人。谁呢？她突然觉得好可笑。

"还要看会儿恐龙吗？大厅里这个就是重龙！侏罗纪晚期，1亿4500万年前的动物。"

"啊，这就是重龙。"

她说。他灿烂地笑了。好像是很好的开始。两个人有点儿紧张，却又不紧张，他们充分调动自己的年轮，努力不失幽默。

"1亿4500万年前……太过遥远的古代。重龙是美国恐龙学者马什在一八九〇年命名的。沉重的蜥蜴……你喜欢恐龙吗？"

他说话很快，语调没有起伏，仿佛用机械音读百科辞典。她回答说："谈不上喜欢，就是以前女儿小的时候读过……"没等她说完，他继续说道：

"暴龙知道吧？"

"嗯，最有名的恐龙……"

"三角龙呢？长着三只角的那种。"

"不知道。"

"嗯，这样啊。那绘龙呢，就像长了腿的乌龟。不对，原鳄龟更像乌龟吧？这个更像梁龙或腕龙吧？

这些恐龙你都知道吗？这里举行恐龙特展，我们去那边看看吧。"

相隔四十年重逢，她不知道应该怎么去想这个飞快地说出恐龙名称的人。四十年没见，选在自然历史博物馆前见面，讨论什么重龙，什么暴龙，这到底是怎样的陌生？正如"身体有五层楼那么高的重龙以吃树叶为生，性情温驯"这样的陈述，她感觉在这里遇见的他很陌生。她不知道今天的见面将以怎样的方式展开。那么高大的重龙到底怎样去吃地上的落叶呢？这个人究竟为什么要对今天见面之后又要分开的自己讲解这么多呢？

距离晚饭还有很长时间，她在想要不要中途谎称母亲有急事，悄悄地逃跑。走进博物馆入口的时候，并肩行走的他和她突然目光相遇。他出人意料地带着明朗的笑容。看起来很愉快，很兴奋，好像压根儿就没猜到她会想逃跑。不同于大脑的是，纤细的痛感再次长长地划过心底。

"你还是喜欢科学啊。"

"嗯，喜欢。看着漫长的历史，就知道人类是多么虚无的存在。"

他回答说。现在，她终于有点儿理解他为什么约在这里见面了。如果不是在这里，两个人会被四十年，这超过人生一半的时间压倒。

"你总是莫名其妙地说起《昆虫记》。"

他突然停下脚步，爽朗地笑了。

"你还记得啊。"

她咽了口唾沫。她想回答，怎么会忘呢，嘴上却说：

"你忘了我记性很好吗?"

她反问道。他笑了。

"记性不好的人要记住记性好的人的记忆力，那不是很困难吗?"

"我记得你当时说的话。你建议我读那本书，还给我讲了某种蜜蜂的故事。抓到虫子后把针扎进要害部位，那虫子就不会死，而是在麻醉状态下成为新鲜的食物……听了这个故事，我就无法读那本书了。太残忍了。直到现在只要想起那本书，我就会想到那只悲惨的虫子。死又死不了，活着被麻醉了。"

"啊，那个！节腹泥蜂吃象鼻虫的故事。"

"啊，是那个吗？节腹泥蜂吃象鼻虫？"

"嗯，这就像最近中国中医不用麻醉剂，而是用针灸麻醉做手术。只要往某个部位扎针，那就不需要麻醉，可以做手术。节腹泥蜂把针扎进象鼻虫的要害部位，象鼻虫就不会死，活着被麻醉了，成为食物。准确无误地麻痹运动神经，让猎物无法逃跑，变成自己孩子的食物。"

"嗯，再听还是觉得残忍。不过你的记性不错哦？"

他和她都笑了。

"是吗？动物、植物、恐龙全都记得，只是……"

她不再笑，望着他。扑哧一声，他又笑了，用眼角的余光看她。他们的目光再次相遇。仿佛未曾见面的四十年岁月被彻底切开，迅速回到了昔日的时光。

夏日清晨。早弥撒结束后回家的砖石路。红蔷薇盛开的石墙。那时他们聊着天，他在笑。那时他的笑让她很心痛。因为太美了。

"可是……人就难喽。"

他接着说道。人，这个单词似乎是指对人的记忆。听起来仍像自言自语。

"人比较困难。"

她知道。这是自言自语变多的老年。有时她正拖着地，突然就发现自己在自言自语。独居老人的自言自语。独自生活的年轻人绝对不会这样。所以女儿常常建议她养只宠物做伴。

"有句话说得好，'像淋雨的和尚似的嘟嘟哝哝'。妈妈，因为你一个人生活才会这样。跟动物一起生活就不会了，所以我让你养只宠物做伴，猫或者狗。"

这个人已经结婚多年，现在也在婚姻中，却也自言自语，说明他在家里交流不多。看来他和妻子不怎么交谈。她在心底的手册，在关于他的空白简介栏里，记下这一条：

1.自言自语，像个独居的人。

7

　　来这里一年之前，在脸书上和他相遇的时候，她曾经见过高中时代的教堂朋友。当时她在南部某大学工作，正好要去首尔。那时候首尔的高层住宅还不常见，而她所在的教堂就位于高层住宅区。现在仍有朋友住在那个小区，于是他们故意选在教堂附近见面。那天也是周五，傍晚。如今那里已经成了市中心，堵车很严重。她发短信说可能迟到，却突然想起自己以前曾在这里生活过。抬头看时，汽车竟然停在他以前住的公寓门前。曾经等他等到脚冻得像木块的儿童游乐园也一如从前。那天的记忆，拖着冻成木块的脚回家时仍然频频回头，绝望中的希望，那天的绝望刻在某个混凝土的拐角，如今又朝她喷射而来，内心的角落在隐隐作痛。

　　越过近四十年的时光重新相遇，她和教堂的朋友们交谈，提到了很多人的近况。

"约瑟大哥，你知道吧？上了神学院的那位？"

她点了点头，另一位朋友说道：

"现在住美国。上次还打听美好的情况呢。当时我们也联系不上你，只能回答说不知道。"

"我在脸书上联系到他了，对，他说住在美国。"她回答。

"其实我以为他……已经死了。"

这句话她没有说出口。幸好他还活着，既然活着，为什么不来找她呢？这些想法她也没有说出来。她以为他也许死了。否则为什么不来找我？直到现在，她仍然无法在朋友们面前承认他和她的过去。为什么呢？她已经变成老太婆，他也成了老爷爷。他不再是那个立志要成为天主教神父，考神学院的学生。很久很久以前，那个坦克摧毁城市的炽热春天和寒冷夏天过去之后，他退了学，也放弃了成为神父的梦想。

"因为某位主日学校的老师而痛苦，最后离开学校。两个人应该是轰轰烈烈地谈过恋爱，所以放弃了神学院。"

心很痛，像锋利的刀子很轻却又非常准确地划过，犹如一次意想不到的突袭。她连无所谓的想法都没有，真的是无所谓的回忆，只是痛苦来得太过突然，因此她记得那个瞬间。

"那位主日学校的教师就是我"，现在应该说出来吗？她正犹豫的时候，有人继续说道：

"后来两个人结婚，去了美国。"

连续几天，心底的疼痛都没有消散。拿着每天都随身携带的手机，想要输入密码登录，却连续收到"密码错误"的消息，那都没有此刻慌张。

让爱降临在这片土地

让我们之间有话可说

天空为这背景而拯救某个人的心

包围光明的是美丽的黑暗

带来话语的是爱的深深沉默

光在黑暗之上绚烂

话语在沉默之上回响

在太阳里失去自己

那明亮的黑暗是谁

那高尚的爱的沉默是谁

马利亚，是你

　　偶尔她会在青年部的弥撒中独唱。有时他弹吉他，有时弹钢琴伴奏。也有别的青年打鼓伴奏。每逢假期，他就会在指导当时的高中生们合唱时说：

　　"人们常常以为在白昼的亮光里会看见很多东西，然而那只是看世界，看人制造出来的东西，只能看到视线之内的世界。人们说，夜里什么都看不见。不是的。到了夜里，我们看见的是宇宙。最终让我们看见宇宙的就是黑暗。对我们来说，圣母马利亚就是这样的人。自己变成黑暗，指引我们走向宇宙，走向上帝。

　　"来，带着这种感觉再唱一遍。独唱部分结束，'在太阳里失去自己'，从这里开始合唱的时候，要唱得很柔和，别忘了……像马利亚自愿要求的最初黑暗那样，细弱地开始。来，独唱部分先来，李美好罗撒，准备好了吗？"

　　他不同于偶尔在教堂里见面时塞给她薄薄的信纸，转身逃跑的男生。

　　"美好，我们见个面好吗？新开的商街里有家饺子馆，味道不错。我陪妈妈去过，真的很好吃。我想带你去。"

他和给她写这种信的小男生不一样。他谈论永恒。他谈论灵魂，谈论黑暗、光明，以及人生的意义，偶尔也会调皮地说：

"你知道飞碟吧。"

合唱练习结束，只剩他们两个人的时候，现在回想起来，除了"李美好罗撒，我爱你"这句话，他好像什么都对她说了。大概是在某个夜晚，合唱练习到很晚，最后只剩了他和她。她家住得远些。他陪她走到她家门前。每次都是他走在前面，每次都像是在沉思，然后突然转过身来，好像有重要的事情问她：

"你想过飞碟吗？你觉得那是什么？"

神学生跟教堂高中部女生问这种话，显得有些无聊。

当时她好像抬头看向天空了。看不见宇宙，看见的只是高层公寓里璀璨的灯光。哪里都没有类似飞碟的光，即便有，也被地上明亮的灯光遮挡住了，看不见。如果飞碟飞过来说，"你和他要不要坐上来”？她会坐上去吗？

她说：

“你为什么好奇这个？”

“你为什么不好奇？”

她噘起嘴巴，想对他说些什么。他继续说道：

“那些发光的星星中间，有的可能不是星星，而是飞碟。就像电影里看到的那样，飞碟是圆形，换句话说，它不是前后移动，而是原地旋转。宇宙由时间轴和空间轴构成，而飞机或火箭是流线型，朝一个方向飞，在空间里移动。可是你想想，圆形，那就是在原地旋转，也就是在时间里移动。”

她好像完全不理解这番话的意思，不过喜欢从这个话题开始。一旦说起这个话题，他就会深深陶醉于自己的学识，缠着她希望她多听自己说。偶尔，她就坐在公寓前的游乐场里听他说。对她而言，只要他在身边就好，哪怕喋喋不休地说这些也好。偶尔，她必须假装听得很认真。为了假装听得很认真，她还会问些看似比较尖锐的问题。回想起来，真是很悲伤的伪装。

“所以飞碟不会着陆。如果着陆被人发现，那么未来自己的存在就要彻底改变。"

"可是呢，要是有人装疯落下来，说我是你来自未来的孙子，那会怎么样呢?"

听了她的问题，他露出哭笑不得的神情，轻轻打了一下她的头。这是他们之间唯一的肌肤之亲。她还记得当时的甜蜜。头皮的汗毛全都甜蜜地朝他竖起，珍藏着他手的触感。那时她十七岁。

"像罗撒这样的孩子不会坐飞碟，所以这种事不会发生。如果发生了这种事，宇宙秩序就会变得混乱。"

自从听说他和相恋的女人去了美国的消息，她的混乱加重了。仿佛有人乘坐飞碟而来，说"我是你的孙子"。仿佛过去的他扰乱了现在的她。走在路上，或者关上研究室的门走出黑暗的过道，她会突然心痛，混乱。那几天的生活如沙丘般流散。脚踩在哪里都会陷下去。那句话丝毫不差地萦绕在耳边。

"和主日学校的教师偷偷恋爱，最后两人结婚去了美国……"

她自己也无法相信。很久以前就已经离开，后来她也曾有过几次真心的恋爱，如今已经成了老太婆，却还要为了摆脱这些思绪而痛苦好几天，就像遥远的海里卷入漩涡的遇难者。这让她自己都无法相信。也许遇到去美国的机会时，她就已经下定决心了。想见他。还要问问他，问他是什么意思，为什么要跟她说那些话。

8

走廊和楼梯上，人们往来匆匆。

"往这边走吧，我们先看恐龙特展，然后看北美生物，再看热带生物、鸟类，最后离开这里去'9·11'纪念公园。如果还有时间，就去高地。"

他看上去有些着急。她稀里糊涂地跟着他上楼梯，中途停了下来。

"等一下。"

她说。她犹豫了，不知道什么时候适合问出那个等了四十年的问题。

"慢点儿走。"

他担忧地望着她。

"嗯，你好像累了。我的计划是不是特别不合理?"

"不是的，我只是有点儿喘不过气。"

他想了想，自言自语似的说道:

"好吧，对不起。我太不考虑别人的想法，只顾自己，是吧?"

这个问题很荒唐。"我妈妈说过，我妻子也说过。"沉默中传来这样两句话。她身边也有很多这样的男人。突然感觉他好愚蠢。这次见面是好事吗?追问四十年前的原因干什么? 她继续思考，像每次遇到重要事情的时候。她冒出逃跑的念头。同时，她在心灵手册上又加了一条记录:

1. 自言自语，像个独居的人。
2. 被批评总是只想自己。有时是被妻子，有时是被母亲。

"基韦斯特怎么样? 好玩吗?"

他又问道。他一口气爬上楼梯，而她却气喘吁吁。

"去的那天下雨了，还有风……走了很长的路，好像到了世界的尽头?"

"是的，那条路的确是这样。不过还是很好玩的。没看到夕阳吗?"

"看到了。第二天下午，天晴了。我们乘船出去大约三十分钟。有点儿风，船摇晃得厉害，不过我们看到的夕阳足够美丽。像是往海里洒下石油，放起了火。又像稍微加点儿沙拉酱，用力搅拌而成的橙汁的颜色。"

"稍微加点儿沙拉酱，用力搅拌而成的橙汁的颜色！"

他跟着她重复了一遍，灿烂地笑了。他似乎觉得这个说法很新鲜。他全都忘记了吗？她想起多年前的往事。他喜欢她这种不着边际的说法。当她说出这种不着边际的话，妈妈总会批评她，然而他的视线里却包含着被诱惑的愉悦，还夹杂着"我是否可以这样"的困惑。这些她都知道。她也知道，诱惑终究会战胜困惑。

高中时代，她每天都给他写信。大部分都夹在她的日记本里，一周或十天挑选出几封信来，寄给他。这份爱不能被发现，却又必须让他略有察觉。

距离上次给你寄信已经过去一周了。身体

还好吧？你没有回信，我很担心。上次我去惠化洞神学院找你的时候，你好像咳嗽，这也让我很担心。

天冷了。黑夜不期而至，像是给人戴上手铐。冬天近在眼前。最近我常常故意提前两三站下车，步行十几分钟回小区，路上看你们小区和我们小区后面的晚霞。将临期开始了，如果连落叶也消失了，那这城市的公寓区将变得没有颜色，所以我害怕冬天。让我熬过冬天的就是那晚霞。在又硬又黑像面包的公寓轮廓之后疯狂蔓延的晚霞。像是往橙汁里混入很多沙拉酱用力搅拌的晚霞。因为那晚霞，我得以熬过冬天。

我书包里的书中，小王子对狐狸说："那天的晚霞，我看了四次。"狐狸问："那天你很悲伤吧？"[1]

马上就要放假了，降临节即将开始，你也该回家了。爸爸说，今年圣诞节我可以和教堂

---

1 《小王子》通行本作四十三或四十四次日落。——编注

里的人一起玩。对于每年圣诞节都被禁止外出的我来说，今年的圣诞节就像有生以来的第一个圣诞节。如果放假之前需要我做什么，就回信给我。我可以去神学院的接待室。

惠化洞神学院门口的法国梧桐，叶子都落了吧。门卫大叔也还好吧？上次去的时候我送了一袋菊花饼给他，从那之后他就对我很好。站在神学院操场往西看，惠化教堂尖塔那边是不是也有晚霞？像是往橙汁里加入很多沙拉酱搅拌过的晚霞，那晚霞啊。

"我第一次去基韦斯特的时候，已经看过描写海明威初恋的电影。片名是《爱情与战争》。海明威在战场上受伤，爱上了比自己年长的护士，然而她只是把他当成不起眼的恋爱对象，并不相信他的真挚爱情。有一天，激愤的海明威得知自己遭到背叛，受了无法逆转的重伤……后来，她去美国中西部海明威的家找他，但是他拒绝了。他已经受伤太重，无法接受她了。看了电影解读，才知道海明威从她那里受到的伤害让他终生彷徨。"

他走在自然历史博物馆的长廊里，说道。

"你相信吗?"

听他说完，她冷不丁地问道。他瞪大了眼睛，注视着她。并肩而行的他和她四目相对。尽管没有双眼皮，但他的眼睛很大，眼窝深陷，还是当初在火车上爱上他时的样子。一双长满皱纹的眼睛，现在是因为上了年纪，当时是因为太瘦。

"你问我相信吗? 那不就是事实嘛，应该是吧……不过我感觉你的问题很有趣啊。那么，你不相信，你的想法是?"

他不再叫她美好，也不叫她罗撒。回想起来，他们在脸书重逢之后，他几乎都没叫过她的名字。也许对他来说，罗撒这个名字只是遥远的回忆罢了。

他反问。她笑了。

"会不会是海明威和女人风流、为了离婚、再婚而找的借口?"

"也不是没有这个可能，不过在海明威的《战地春梦》里出现的那个女人，的确是年轻时代的海明威受伤时遇到的护士，比他年长……只不过在小说中，女人最后死了。"

"被杀死的，被他。"

她的语气有些粗暴。刹那间，他停下了。

"我的意思是说，身为作家的他杀死了她。"

她补充说道。

"哪有人在经历失败的初恋之后不受伤呢？所以才叫初恋。可是把这个借口用于全部的人生，海明威也算是大男子主义的鼻祖了。"

"大男子主义的鼻祖？"

"大男子主义，还很顽固。"

"嗯……是这个意思啊。"

他低声说道。有些慌张，似乎还有点儿失望。他接着问她。感觉她好像生气了，这让他多少有些难为情。

"吃午饭了吗？"

他们在鸟类馆里转了一圈，又去了三层。

"吃过了，韩国方便面。"

他笑了笑。

"你妹妹住在这儿吧？"

"是的，和我母亲一起。"

"父亲呢？我记得你父亲是K大教授。"

"是的。"

"也在这里住吗?"

"去世了,我上大学的第二年。"

虽然没有接触,不过她感觉他的肩膀突然僵住了。

"是吗?"

他停下脚步,注视着她。

"是的。之前是因为全斗焕发动军事政变而被学校驱逐……所以我上大学那年的春天,先在主日学校当老师,后来离开了教堂所在的小区。"

他们都缄口不语了。他们都知道,有句话被他们放进了括号里,"我们已经四十年没有联系了"。她为自己痛苦的四十年被概括成为这样简单的几句话而深感新奇。这是过于俗套的悲剧——如果不是亲身经历的话。

他凝望远方,好像在沉思什么。随后,他轻轻摇了摇头,说道:

"对不起,不是这条路。"

他不知所措地说:

"我们应该下去,沿着那边的台阶往上走……对不起，我找错路了。我以为肯定是往这边走。"

他似乎又着急了。不知是因为终日不停的暴风雨天气，还是本来就这样，博物馆里挤满了人。他擦了擦额头的汗水，脱掉卡其色羽绒服，继续说道：

"我经常来这里，这条路我知道。可是变了，对不起，真的对不起。"

他真像个迷路的人。

9

父亲对她说：

"尽早离开这个国家。"

她知道父亲有多爱她这个长女，当父亲这样说的时候，她无言以对。后来她才想起来，那是父亲留给亲爱的女儿的临终话语。从那之后，父亲就进入了昏迷状态。她什么都说不出来。好像张口就会痛哭，只能紧紧闭着嘴唇。

"爸爸，我会像您小时候守护我那样守护您，我会陪伴在您身边。"

这句话也没来得及说，父亲就撒手人寰了。父亲去世后，母亲对她说：

"走吧，离开这里！赶快离开这个讨厌的国家。"

母亲递给她从德国买来的大航空包，说道。那是父亲去世两个月之后，她读大学二年级。

"先去站稳脚跟，再把弟弟妹妹和我接过去。我已经和柏林自由大学的凯默教授联系好了。韩国是没有任何希望的国家。英国《泰晤士报》的记者说得对，等待韩国实现民主主义，还不如期待垃圾桶里开出玫瑰花。"

没有希望的国家，韩国。能让英国记者这样说的肮脏国家，韩国。如果说韩国能够实现民主主义，那绝对是比垃圾桶里开出玫瑰花更大的奇迹。坦克进驻城市里的国会议事堂前，青年们在校园里被警察带走，回来时变成尸体。她就是以来自这种国家的悲惨留学生的身份到达德国。那时候，中国和苏联的航线还没有开通。虽然德国同在欧亚大陆，飞机却要绕行地球另一端。飞机在阿拉斯加安克雷奇机场降落，加油，再飞往欧洲。飞行十七个小时，终于见到了凯默教授。他向她投去怜悯的目光，仿佛面对着从叙利亚战场或库尔德人难民营逃出的女学生。

西柏林是个又大又朴素的城市，像率领众多健壮男性武士的庄园主。市中心排列着合抱粗的树木，比她在首尔的大学后面树林里的更高更大。这座坐拥大湖的城市，宛如一片适合中世纪士兵训练的树林。坚固如坦克的树木矗立在市中心，"二战"时期遭到破坏的教堂保留着被破坏的痕迹，教堂周围也耸立着大树。教堂破损了也不修理，看起来也像当权者特有的傲慢的谦逊。到处都弥漫着雨水的气息，地面总是很泥泞。回到宿舍，第一件事就是除掉夹在鞋跟里的泥巴，忍住涨满脸颊的泪水。

不久之后，秋天来了，黑暗早早地降临，让人束手无策。四点钟周围就黑了，街头没有了人迹。人们的语气像断开似的很生硬，投向初次见面的东方人的目光里只有轻蔑或冷漠的好奇。黑暗比异国他乡陌生的语言更可怕。莫名的饥饿感如影随形，不管吃多少，转头又饿了。学生餐厅的饭菜价格在三千韩元左右，这让她难以承受，于是买来很多面包和鸡蛋，用便宜的黄油煎熟鸡蛋，加入番茄酱，做成三明治，也能填饱肚子。曾经彷徨在慕尼黑施瓦宾格街头的田惠麟[1]……《终于什么也没说》里的

---

[1] 田惠麟（1934—1965），韩国著名女作家、翻译家，生于平安南道顺川市，毕业于慕尼黑大学德文系，曾任梨花女子大学讲师、成均馆大学助理教授，著有《终于什么也没说》《干渴的季节》等。——译注

德国洋溢着啤酒的泡沫和白香肠的浪漫。可是，哪里都没有浪漫。不知道，如果首尔寄来更多的钱，也许会有浪漫来临吧。她是"黄色的"可怜的留学生，来自说成位于非洲边缘也不会有人怀疑的韩国。比起恐惧、茫然，更为紧迫的是饥饿。

那年秋天，宿舍前的栗子树上落下无数的栗子。她带着背包出去，捡回了很多，放进从韩国带来以备不时之需的便携式火炉煮栗子。煮了一个多小时，栗子还没熟。又煮了一个小时，还是不能吃。无论怎么煮都是硬邦邦的栗子，被她扔在宿舍角落里。有一天，她在学校遇到来自韩国的前辈，问道：

"对了，这里的栗子怎么吃？不能煮吗？"

前辈略感惊讶，随后哈哈大笑。

"那是山毛榉树的果实，不能吃。你也捡来煮了吗？"

没有，她回答说。如果是有钱的留学生，他也会笑吗？

如果扔进垃圾桶，说不定会被人看出来。第二天，她把煮过的"栗子"装进背包，来到街头，趁着没人的时候倒了出去。她觉得自己像乞丐。惭愧又悲惨。不过那时，她还没有哭。

有时夜里会刮台风，或飓风，甚至连个名字都没有的寒冷而猛烈的风。彻夜狂风之后的早晨，经常有行道树被连根拔起，倒下了。母亲寄来的生活费刚到，她就去邮局买很多航空信纸，然后通宵写信。偶尔，也往他的地址寄信，却从未收到回信。自从离开那个小区，她就再也没听过他的消息。如果他不再住在那里，信应该退回，也没有。窗外总是下着黑暗的雨，这就是她二十岁时的风景。

没过多久，她接到了凯默教授的邀请。凯默教授是她父亲的老朋友。她拿着雨伞，走过下雨的夜路，徘徊在街头。像往常一样，住宅区的旧石板路被雨淋湿了，闪闪发光。凯默教授夫妇来到门口迎接她。准备进门的时候，凯默夫人拉着她的手说：

"这里是露·莎乐美住过的地方。"

仔细看去，上面贴着小小的说明文字：

"里尔克的家。"

"这句话错了。这里是露·莎乐美的家。她和柏林大学东方系教授弗里德里希·卡尔结婚，生活在这里。有一天，仰慕露的青年里尔克找了过来。你知道吧，露·莎乐美……从那之后，三个人之间开始了奇异的世纪性的同居生活。"

凯默夫人说道。后来她去图书馆查找有关露·莎乐美的书籍。那是和尼采、里尔克、弗洛伊德等人有过爱情和友情的世纪女性。里尔克在她家里过着怪异的同居生活，也唱歌。里尔克二十二岁，露·莎乐美三十六岁。

熄灭我的眼睛，我依然能看见你。

捂住我的耳朵，我依然能听见你的声音。

没有脚，依然能走向你，

没有嘴，依然能祈求你。

折断我双臂，我就用心

抓住你，就像用手。

停止我的心跳，我的脑会跳动。

你在我的脑海里燃起火焰，

那时我变成鲜血将你托起。

——里尔克《熄灭我的眼睛》

她把里尔克的诗写在信里，寄到他的住址。

"露·莎乐美，了不起的女人，看了照片就知道，她不是我们通常想到的那种性感女人，甚至没有常常被称颂为女性魅力之象征的长发。她拥有的是自信、教养和智慧，因此赢得了尼采和很多人的爱，还有人为她而自杀。"

凯默教授说完，凯默夫人附和道：

"我们的相遇是某颗星星的相助吗？这话不是里尔克说的，而是尼采说的。不过，你相信吗？"

"爱才是真正的毒药啊。"

她冷不丁地说道。凯默夫妇笑了。

"我喜欢露·莎乐美。自己选择男人，自己放弃。只要自己不愿意，任凭谁提出性要求，她都不会同意。虽然这里是德国，也会有人对她指指点点，说她阅人无数，被抛弃什么的。女人经常这样。但是她自己选择，自己放弃。有那么多男人自杀，她也没有无缘由地自责。真的是个很酷的女人。而且她不是真正的德国女性，她来自没落的俄罗斯。"

凯默夫人说着，故意看了看她。目光很温暖。像是劝她鼓起勇气，又像是劝她向来自俄罗斯的勇敢的德国女性学习。

他们请她吃饭，从南瓜汤开始。她用不熟练的德语和英语与他们交谈。

"你父亲的消息我们听说了。他是罕见的优秀学者。听到消息之后，我们全体教授都在晚上集会，为你父亲默哀，还表示要为韩国的人权和民主化做力所能及的事。"

"谢谢。"

凯默家的餐桌和客厅相连，中间没有墙壁。桌子上铺着白色的亚麻桌布。高大烛台上的蜡烛影子像铁窗，长长地投射在朴素的盘子上面。一百多年的公寓和别的德国家庭一样寒冷。点上几支蜡烛，家里的灯只有客厅里一盏瓦数很低的台灯，足以掩饰她正在强忍着夺眶而出的泪水。外面依然在下雨。

"这是你父亲最后寄给我们的信。"

凯默教授递给她一封航空信件。里面密密麻麻地写着很多她不认识的德文。

"大概是被韩国政府机关抓走，受到拷问回来才写的信。引用了死在纳粹监狱的阿尔弗雷德·德尔佩的句子。也许是因为韩国政府要检查所有寄往国外的信件,所以引用了阿尔弗雷德·德尔佩……"

> 那么孤立无援
> 那么惨遭背叛
> 那么无依无靠,被抛弃的民族
> 请你爱他
> 表面上威风凛凛地进军
> 表面上宣扬安全性,根本上还是那么孤独
> 不知所措的民族
>   ——死于纳粹监狱的阿尔弗雷德·德尔佩神父

请赐福我深爱的国家,处于困境和内在痛苦之中的德国。

她终于还是哭了。她把父亲的遗物,那封薄薄的航空信紧抱在怀里,生怕眼泪会落上信纸。父亲是什么时候写的这封信呢?妈妈外出,高三的女儿回到房间锁上门,打开新上市的数码收音机,从早

到晚地响，形成声音的屏障。父亲独自坐起来，使出最后的力气写了这封信。她意识到此时此刻最强烈的感受不是愧疚，而是思念。她感受到了父亲的缺席。这让她难以忍受。父亲最后并不是怨恨和诅咒，而是祝福，是对背叛自己的国家、拷打自己的民族、病死的人们的祈祷。这让她感激，也让她悲伤。空荡荡的位置。曾几何时，也许父亲就坐在凯默教授家的餐桌前。

餐桌上点着蜡烛，微弱的灯光下仍能看见她颤抖的肩膀。她哭了。终于懂得无论时光如何流逝，她还是无法适应父亲的缺席。永远的缺席，我们在地球上体验到的唯一的永远，死亡。凯默教授夫妇什么也没说，静静地等待她停止哭泣。哭了一会儿，她抬起头来。

"谢谢。我自己在冷冰冰的宿舍里真的不想哭。"

这样哭过之后，似乎她终于成了柏林人。不久，她开始参加韩国留学生的聚会。第一次觉得全麦德国大面包很可口，酪乳也喝得下去了。

她加入韩国留学生俱乐部，成员们聚集在黑暗的房间里观看辛兹彼得拍摄的光州屠杀录像，红着眼睛讨论。有的聚集着吸大麻，放弃学习，痴迷于吸毒。抛弃祖国来到这里的愧疚感为喝酒和吸毒提供了最好的条件，而且对祖国现状产生的负罪感和发达国家的安乐生活也起到了相互强化的作用。没过多久，韩国大学传来消息，与她同系的七十人当中只有三十五人毕业。很多人死了，或者被关进监狱，或者为了参加革命而进工厂。在柏林，她遇到了同为留学生的亚凛爸爸，生下了亚凛。和现在的亚凛一样，她也是先怀孕，匆匆忙忙回韩国结婚。母亲和现在一样满脸不情愿，然而隆起的腹部让一切都合理化了。那时她偶尔会在给妹妹的信里这样写，人生俗套得就像街头贩卖的通俗杂志上刊登的手记。

10

"最终，海明威也没能定心于某个女人。虽说是性情所致，不过分明也有初恋的原因。听到初恋背叛自己的消息，还是可以理解的。从心理学上分析，人对第一次的记忆非常重要。刚才我们去海明威故居的时候，我突然想起李美好老师的初恋故事。"

乘船航行片刻，看了夕阳之后，一行人走进基韦斯特海边的酒吧。他们在那里讨论海明威。讨论他的初恋和他的妻子们，讨厌六只脚趾的猫。当时和她同住一个房间，喜欢心理学的诗人、英文系的朴教授对她说道：

"李美好老师的问题在于不能信任人，而且是对男人，不，不是其他人，而是对成为自己恋人的男人……第一次经历非常重要，还有初恋男友消失的青春期……所以不管别人怎么介绍，你都拒绝。"

朴教授的语气很轻松。她问道：

"我跟朴老师说过我青春期的初恋故事吗？"

"是的，李美好老师说过我才知道。"

她想了想，笑了。

"为什么说呢？我并不觉得那是爱情啊？也许以前说过，不过那时我还不知道他已经和别人结婚了。这个消息我也是最近才知道。不过我隐约听到过他恋爱的消息，时间还跟向我求婚的时间重合了。天主教的神学生，难道也会脚踏两只船吗？……也许是身为女高中生的我痴心妄想了。不管是哪种，又能怎样呢。太平淡了，什么事都没有，谈不上是初恋。"

她回答。英文系朴教授笑着说道：

"李美好老师，你已经说过好几次了。偶尔喝啤酒的时候，还有今年教授们的年会上，我们不是联欢了嘛，那时你又说了一遍。只要稍微喝点儿酒就会说。我们都偷偷笑你，知道吗？只要说起这个话题，李美好老师就会喝醉。过会儿她就会说，我要回家，我好像喝醉了。然后站起来说要回家，又补充了那句话，其实我根本不知道那算不算是爱情……好像不是吧。不记得了吗？很有趣。所以我想起来了。每次都这么说，看来是爱情。"

更年期已过的教授们像青春期的学生似的谈笑风生。她脸色微红，不知所措，还不算严重，只是觉得应该小心，原来自己会耍酒疯。

"看来你说得对。我现在正想补充这句话呢。"

"你知道吗？正因为这样，我才羡慕你。直到现在，我还跟大学第一次相亲会上认识的男人过日子呢。我也想说，我不知道这算不算真正的爱情。专门学习所谓文学，还称不上诗人，可以过这种索然无味的人生吗？即便不能像海明威那样，至少也要把初恋完整地保存在心里，下雨或叶落的时候，在练歌房唱歌的时候回忆起来才对啊。"

她们点的冰镇玛格丽特鸡尾酒上来了。带着冰块的玛格丽特呈现出远海的颜色，淡淡的翡翠色像那天的西海。

"有这样的事。"

英文系的金教授开口说道：

"我高中的时候去教堂，认识了一个同龄的朋友。我们应该是相爱的……这件事我记得。她读女高，我读男高，有一天傍晚放学时，我在学校门口买烤栗子吃，突然很想给她，于是跑到了她家门口。"

"啊，烤栗子。"

"是的，跑过去的，我怕烤栗子变凉，跑得很卖力。那时我很瘦，跑得快。"

她和朴教授同时发出叹息。

"金教授果然从小就有好老公的气质！"

"我去首尔读大学，她留在老家，通信越来越少。有一天，我从部队休假回家，正好遇到背着孩子的她。"

这回是男教授们发出了感叹。

"对，那个时候就是这样，手机有吗，有什么？就连写信，只要搬家，也就断了。"

英文系朴教授插嘴说道。另一位教授笑着说：

"的确是到此结束了，可是再想想，就算当时有手机，再交往些日子，最后是不是也要分手？"

金教授面带微笑，继续说道：

"总之那是我和她的最后一面……可是去年冬天，我赶上安息年去美国，收到一封发到学校邮箱的邮件。写信的人是她……她说她确诊了乳腺癌，可能的话想在临死之前见个面。"

大家都握着酒杯，听金教授说话。也许只有耳朵在这里，灵魂已经徘徊到初恋停留的地方了。基韦斯特的海边吹着猛烈的风，仿佛来自世界的尽头。海边酒馆，没有墙壁的露台，餐桌上的纸巾被风吹起。潮湿而温热的风。那时她的灵魂也倏然飘远，游荡在从前常去的首尔高层公寓区的教堂周围。也许是因为初恋这个词，也许是冰镇玛格丽特鸡尾酒那如远海般的淡淡的翡翠色。

"安息年里，我临时回韩国约好了见面时间。一家郊外的西餐厅，约会前一天我失眠了。一切都那么鲜活，只是有点儿害怕。会变成什么样子呢，这样见面有意义吗？"

"是啊，就是这样。我们那时候的教科书里不是也有嘛，叫什么来着？那篇随笔……最后一句是不是'最后还是不见为好'？"

"好像是皮千得[1]的《因缘》吧?"

始终沉默的黄教授开口了。他多少有点儿肥胖,酒量也不行,杯里的玛格丽特还没喝完,脸就红了。

"对,《因缘》。结尾是'不见为好'对吧?"

不是的。肥胖的黄教授斯斯文文地否认,然后像朗诵诗歌似的背起了《因缘》的最后一节。

"走进那个家,迎面看见朝子那百合花般凋零的脸……有人朝思暮想,却难得一见;有人终生不忘,却也不再相见。朝子和我见了三次。第三次应该是不见为好。这个周末我要去趟春川。昭阳江的秋色会很美吧。"

短暂的沉默之后,朴教授鼓起掌来。

"怎么会记得这么清楚?"

背完收录在教科书里的皮千得的《因缘》,黄教授慌张地低下眼睛。他为什么现在还能背诵呢? 她也在思考。

---

1 皮千得(1910—2007),号琴儿,韩国著名诗人、散文家、英国文学专家,生于首尔,曾在上海沪江大学攻读英国文学,获得硕士学位,长期担任首尔大学英文系教授,曾获"仁村奖"、"大韩民国大众文化艺术奖"银冠文化勋章。代表作有《因缘》《味与韵》《一枚银币》等。——译注

"因为《因缘》这篇随笔，我们都认为等以后老了，绝对不能和初恋见面，所以教科书里收录了这篇，不是吗？不要和初恋见面，惹麻烦，要好好守护家庭。"

另一位教授说道。大家都笑了。

"是的，我也想起了这篇随笔，所以很紧张。"

"然后呢？"

金教授脸上荡漾着难以言说的温暖的微笑。尽管已经长了皱纹，然而微笑占领的脸上却有着少年般的温暖和明朗。

"美得出人意料，比年轻时更美。"

倾听的人们嘴里流淌出叹息似的声音。

"怎么可能呢？看来那位女士一辈子都过得很好。"

有位教授问道。金教授回答说：

"她也说昨天晚上辗转难眠。我也是。我问，是不是害怕我会变得太多？她回答说，没有害怕这些。无论你怎么变，还是老样子。"

"然后继续见面了吗？见过几次？"

金教授笑而不语。曾经爱过，而且这份爱没有遭到破坏的人特有的从容，在那个瞬间犹如王冠在他头上闪闪发光。

"不是说第三次见面不如不见嘛。既然教科书上这么说，那么考试就会遇到这样的题目，应该是人生的标准答案吧。初恋应该见几次？正确答案是两次……为什么？因为皮千得说，第三次不能见，不是吗？"

另一位教授说道。所有人都笑了。

"再说就没意思了，到此为止！我透露一下，这些我都告诉妻子了，全部。"

金教授幽默地说完，举起了自己的酒杯。他的自尊心不允许最宝贵的回忆变成别人的笑料。

"好羡慕，拥有初恋的人！"

朴教授说。她也附和着说：

"我也羡慕。"

"李教授为什么羡慕？不是说要去纽约见初恋吗？"

她回答说：

"我没有初恋，也没有后爱，至今都没经历过初恋。"

基韦斯特海边的风渐渐停了，随即吹来柔和的微风。夜晚温热的空气中，她用手指蘸起沾在冰镇玛格丽特鸡尾酒杯边缘的盐，放在了舌尖。

11

刚上大学那年，她加入了学校广播站。广播站也需要考试，像现在的新闻媒体。可以拿到奖学金，还有另外几项待遇。毕业找工作去电视台的时候，可以加分，所以竞争很激烈。父亲的离职和家境的没落让她迫切需要奖学金。穷困带来的不便远比想象中更多。很多东西本来只是选择，现在却成了必需。放弃质量好价格高的，选择质量差点儿，价格稍微便宜的。只要能赚钱，什么事情都要做。朋友提议去饭店，也要说自己不饿。为了省掉美发的钱，只能任凭满头直发继续变长，仿佛这就是自己喜欢的发型。

广播站里会集了当时全校最出色的学生。很多同学手里的包都比她一个月的零花钱更贵。她不是从小出生在贫困人家，而是在比其他人富裕得多的家庭里长大，自然知道他们用的东西有多么昂贵，也知道如今那些昂贵的物品再也不属于自己了。为了捍卫自尊，当他们约在新村或梨花女子大学前的西餐厅见面的时候，她总是要去图书馆。大家偶尔嘲笑她学习太努力。只有这样，她才能守护自尊心。这不是她的选择，结果并不坏。她自己打造出这样的形象，埋头在图书馆里。下雨的时候，所有的人都早早离开，她在图书馆里翻译弗里德里希·荷尔德林的诗。她在学校广播站没有交到朋友，因为他们的出手阔绰让她无法融入。

她记得自己的声音第一次乘着电波传出的日子。那是播送简讯的新闻时间。导演在播音室外发出信号，她开始读新闻。

"学校当局决定把校园行道树大规模替换为水杉。水杉从朴正熙总统时代就成为适合全国绿化的植物而备受关注，平均一棵树可以吸收二氧化碳69.6千克，储存碳315.2千克，生物能源保有量630.5千克，而且散发出丰富的清新洁净的氧气和植物杀菌素，有利于校园空气净化。"

水杉。那时她第一次知道这种树的存在。为了这个发音,她紧张了一个小时,后背直冒冷汗。不记得开始信号传来的时候,她是怎样读完了全部台词。信号结束,她意识到自己应该放弃学校广播站了。水杉的发音没出差错。导演也说她表现很棒。可是,好像有什么东西在她心里说并非如此。为什么会有这样的想法呢?讨厌自己若无其事地说出朴正熙这个名字吗?那个把父亲变成废人的名字。不,也许是因为想象自己说出的话,尤其是练习了一个多小时的"水杉"这种异国语言,回荡在校园的长路、学生会馆大厅和休息室里的情景。她想,我的话,我的声音,我的语言……都消散在某个地方了。我不喜欢这样!

她送走了在黑暗中寻找宇宙的少女时代。那个独唱为了光明而化作黑暗的《马利亚》的少女。朴正熙,因为这个名字,父亲遭受拷问,家庭变得暗淡,她也变得不幸。从朴正熙时代开始用于绿化事业的水杉,她不喜欢这个字眼通过自己的声音虚幻地飘散在校园里。她无法忍受自己亲口呼唤那个人的名字,无法忍受这些声音在宇宙里回荡。这是突然却又坚固的感情。

几名前辈联系她，劝她不要放弃。她约好几天后见面，听他们的劝说。当那天到来的时候，她却无法参加。她比约定时间提前一个小时赶到了见面的咖啡厅，留下字条就出来了。

你们不可能理解我。

所以，恐怕不能见面了。

见了面我说不出口。

我知道这是徒劳，

我知道……

我想要的是永远。

"永远"，她还有这个盾牌。对于没钱的她来说，这是非常优秀的铠甲。

还有一位前辈，她的同系前辈。瘦瘦的长方脸白白净净，眼睛深邃而清澈。第一次见到前辈的时候，她感觉和教堂里的他很像。前辈每次见到她都会开心地笑。他喜欢我吗？偶尔她会这样猜测。有一次，他们喝完酒后步行去公交站。前辈突然仰望天空自言自语："黑格尔说过，不要因为不能绝望而绝望……"那一刻，她似乎对前辈动了心，同时让她动心的还有黑格尔，以及那句"不要因为不能绝望而绝望"。

"您喜欢黑格尔吗？"

她问。

"与其说喜欢，不如说感谢。"

"什么？"

"他让我没有浪费时间。"

那样的冷漠，那样的骄傲令她心动。后来她才知道，那不是黑格尔的话，而是郑玄宗[1]的诗。两个人经常见面。偶尔他会请她吃饭。她觉得应该回报些什么，有一天就把弗里德里希·荷尔德林的诗抄在纸上，同时附上自己的翻译交给了他。

"不要弄这些，和我谈恋爱吧。"

---

1 郑玄宗（1939—），韩国著名诗人，生于首尔，毕业于延世大学哲学系，曾获现代文学奖、未堂文学奖、"大韩民国大众文化艺术奖"银冠文化勋章、万海文学奖，著有诗集《事物的梦》《世上的树》等。——译注

他说。如果换作现在，她会说什么呢？还是会生气？也许会说他是性骚扰。也许是这样。不，如果换作现在，她绝对不会干这种事。

"我为什么选择弗里德里希·荷尔德林的诗呢，因为我们的教科书里收录了安东·施纳克的随笔《我们为之悲伤的事物》，里面提到了弗里德里希·荷尔德林的诗，所以就写了。"

他没问，但她说了。

"很悲伤，贫乏时代的诗人。宣称大地上的尺度已经消失的贤者……毕业于神学院，却拒绝成为神父的人。为了谋生，荷尔德林做了法兰克福富豪家族的家庭教师，宿命似的和女主人坠入爱河。这段注定不可能的爱情以失败告终，从此之后他的精神……"

前辈在自己的太阳穴旁画了个圆圈。

神学院毕业，没有成为神父，宿命般的爱情，注定不可能，这些单词犹如棍子抽打她的心。

"人生下半场的四十年里，他被关在像塔的房子里，或许就是塔吧。"

"四十年？"

"嗯。"

她双手捂脸，要哭的样子。

"怎么了?"

前辈问。

"太过分了……问题不是关在塔里，而是四十年，这四十年怎么过啊。"

"应该是悲伤吧? 有记录说，荷尔德林每天都会发狂……大喊大叫，大哭大闹。知道吧? 我们读过的路易丝·林泽尔的《生命中间》，这个题目也来自荷尔德林的诗……正如海明威的《丧钟为谁而鸣》是来自约翰·多恩的诗。你想听吗? 这是《生命中间》的最后几句。"

    …………

    啊，可是这冬日，

    我去哪里摘我的花，

    去哪里忍受阳光，

    去哪里寻找大地的影子。

    墙壁冰冷地挡在面前，

    风吹来，风向标在旋转。

前辈背诵了荷尔德林的诗，然后对她说：

"为了贫乏时代的诗人！为了贫乏时代的恋爱，来，干杯！"

她很兴奋。也许是因为"恋爱"，这个露骨而肉欲的字眼……年轻时绝对说不出口的字眼，长大成人才能说出来，有点儿像生食般的野蛮字眼。贫乏的时代、大地上的尺度，这些话也像星星般闪闪发光。回到家里，被学校辞退的父亲因为遭受严刑拷打留下了后遗症，正卧病在床。她的家已经搬到首尔郊外很久了，正是因为有了荷尔德林、里尔克和托马斯·曼，她才能勉强支撑下来。

前辈是那种每次喝醉酒就会风度翩翩地朗诵诗歌的人。

"《爱如何走近你》，赖内·马利亚·里尔克。"

压低了声音，然而他的声音本来就不低，朗诵起来就是不太低沉的美声。他开始朗诵，其他桌的客人也都突然安静下来。他朗诵的赖内·马利亚·里尔克，带着些许的叹息和淡淡的紫罗兰清香。

　　　　爱如何走近你。
　　　　像阳光，像飞花，
　　　　像祈祷一样走来吗?

　　酒馆里的男男女女发出轻微的叹息，就像当时
全国最受欢迎的歌手赵容弼的歌声刚刚响起，观众
席上立刻爆发出音符似的欢呼声。

　　　　闪烁的幸福从天而降
　　　　收起翅膀
　　　　完全占领我鲜花盛开的心灵……

　　　　那是白菊花盛开的日子。
　　　　浓郁的灿烂似乎很不安。
　　　　那天夜里，你缓慢而安静地
　　　　靠近我的心灵。

　　她那亮闪闪的眼睛怔怔地注视着前辈，双手合

十，端庄地坐在那里。前辈冲她做了个夸张的手势。就像参加古典音乐会，她常常穿着黑裙子和白衬衫，或者再套件马甲，接受着周围人齐刷刷的视线，羞涩地低头轻笑。他似乎在告诉全世界，里尔克诗里的"你"，就是她。这让她扬眉吐气，也给了她对爱情的信心和喜悦。也许这只是老套的舞台礼仪罢了。

> 我如此焦虑，而你轻柔地到来。
> 犹如我在梦里想念你。
> 你来了，像童话里那样
> 隐约地响彻整个夜晚。

每条胡同都有新开的咖啡厅，掌声、酒和诗的日子。那是短暂、非常短暂的幸福时光。尽管酒吧外面每天都弥漫着催泪弹的烟幕。

12

　　她越发执着于前辈。她想陪他上课，如果不可能，那就掐准上课时间一起吃午饭。不过，每次也都止步于此，他以非常老练的姿态让她贴在自己身旁，无法继续靠近，也不能离开。后来回头看的时候她才发现，留下纯真的她是多么简单的事。她很想要，然而连这么轻松的恋爱，她也没能逃避。

　　有一天，这位前辈第一次往她家里打电话。约她周六下午到晚上见面。这是第一次约会邀请。圣诞节前几天。她换穿了二十多套衣服，反反复复化了三次妆，稍微迟到了一会儿。

　　学校前的酒吧里坐着脸孔陌生的军人，好像已经和前辈喝了不少酒。

　　"打个招呼吧，这是李美好。美好呀，打个招呼，这是我们系的朋友，参军了，休假出来的。"

前辈说道。这是前辈终于在朋友面前正式承认她的瞬间。她夸张地跳了过去，紧贴前辈坐下，兴奋地迎接别人所谓恋爱正式开始的时刻。

"真漂亮。"

军人看着她说。谢谢，她说。军人有着宁静的眼眸，看起来很善良。后来回想的时候，年轻的男人看着年轻的女人说出"真漂亮"的时候，眼神之中丝毫没有性的渴望，感觉不是普通的男人。不过，她也不敢具体猜测。她那么幼稚，满脑子都是空想，脸上还有雀斑。她相信自己在小说里读到的浪漫爱情开始了。她像个半吊子航海员，尽管所有的罗盘都执着地告诉她船正往北航行，然而她还是坚信自己在往南走。

前辈去卫生间的时候，军人问她：

"你爱他吧?"

也许是小说看得太多的缘故，要么就是因为诗歌。

她并没有从荷尔德林和里尔克那扭曲的爱情里

得到任何教训，自以为是地认为"我不在的时候，前辈已经告诉军人自己有多么爱我，只是觉得我年轻、谨慎又腼腆，前辈不便说出口，于是告诉了他的军人朋友，郑重而羞涩地向他的军人好朋友介绍了我"。她像个智商不足的女人，笑嘻嘻地说"我不知道"。这又仿佛在说"是的，我还小，所以我是个可爱又讨人喜欢的女人"，荒唐极了。

"我的朋友也很喜欢美好小姐，希望二位幸福。"

军人用和善的声音慢慢地说道。哇！她在心里欢呼。前辈没有向我表白，却跟他的朋友说了。这也不奇怪。从此以后我们会幸福。当然了。说不定我们会结婚，生两个孩子。她笑了。他们碰杯，只是突然觉得军人似乎很悲伤。那张脸挥之不去。那只是军人看到朋友和漂亮后辈谈恋爱而产生的嫉妒吧，她这样猜测。尽管这样猜测也无妨，然而那张脸似乎悲伤得多，而且久久地留在她的记忆里。

去德国之前，她和前辈就彻底结束了。见过那名军人之后，前辈销声匿迹了很长时间。听说前辈本来打算休学去参军，因为患过结核病，免除了兵役。这回她也决定放弃前辈了。出发去德国前不久，她往前辈家打了电话，说自己要去德国，也许很难再见了。他说出去见面，似乎有点儿勉强。她下决心要冷漠以待，前辈却出人意料地执着，竟然试图进行从未有过的肢体接触。略显无礼，更多的是荒废的气息。还没到深夜，两人就喝醉了。他粗鲁地抓着她说：

"你能亲我那儿吗？你能吗？你愿意吗？愿意吗？"

这种经历简直比王子变成丑陋的青蛙更残忍。

"别这样，前辈。我让你别这样，你疯了！！"

她推开固执地靠近的前辈，大声嚷道。

他们之间还没有像她梦想的那样随心所欲地约会，没有牵过手，更别说其他肌肤之亲了，都没说过什么情话。甚至和那名军人喝酒之后，她连前辈的面都没见过。她似乎并不了解他，更没爱到能原谅他说这番话的程度。她之所以没有离开前辈，始终徘徊在这段没有进展的爱情周围，只是因为前辈最好的朋友，出来休假的军人的证言。

"我的朋友也很喜欢美好小姐，希望二位幸福。"

前辈向她介绍那名军人的时候，说他是自己最好的朋友。他没有必要跟军人说谎啊，不是吗？她像个愚蠢而顽固的警察，没有任何证据，仅凭似是而非的感觉，执拗地追逐嫌疑人。现在已经得知那名嫌疑人不是罪犯，她便对他彻底死心了，为这次离别之前的见面感到后悔。那天前辈像扑火的飞蛾，她用力推开。喝醉的前辈轻而易举就被她推到酒吧胡同的墙上，摔倒在地。她拿起包，打他的脑袋和肩膀，打了好几下……出乎意料的是，他没有反抗。她觉得奇怪，突然停下来盯着他，发现他的肩膀在抽动。脸也痛苦得扭曲了，满是泪痕。前辈为什么哭呢？她无法理解。她朝公交车站跑去。想要离开韩国的念头如呕吐般汹涌而来，仿佛这片土地在用尽全力地将她推开。身上好像沾了煤焦油似的脏东西，耳朵洗了好几次。她脱下被前辈试图摩擦的下体短暂碰触过的裤子，扔进了垃圾桶。荒唐的初恋，截然不同的破灭。

从那之后，过了很长时间，她成为妈妈回来后才听说，军人和前辈约她喝酒后的第二天，他们和另外两三个朋友去海边旅行。他们像往常一样喝了很多酒。那晚月光皎洁，天气暖和得不像冬天。军人去了住处附近的海边，尽管是冬天，还是跳进了海里。朋友们劝阻，他说热得难受，想凉快一下……朋友们很担心，在海边急得直跺脚。军人在银色的大海里不断游向前方，不停地游啊游。游到远处，在他们的视野里变成了点，继而消失在远海的银光里，再也没有回来。

又过了很长时间，她在同性婚姻合法化示威队伍中看见了前辈的面孔。刹那间，化作伤痕留在心里很多年的往事都得到了解释。前辈的恋人是军人。这么单纯的事情，这么简单的事情，却复杂得难以说明，痛苦到血肉模糊。这就是青春岁月。

她第一次原谅了前辈，原谅了军人，也原谅了二十岁那年卑微的自己。

13

恐龙馆前排着长队。队伍在缓慢地向前移动，恐怕还要等待很长时间。这可糟了，他露出大事不好的表情。

"怎么办呢？继续等下去，只看这个地方，还是离开这里，先去看美洲生物馆，然后看鸟类和灵长类？或者先去参观印加遗址，再看美洲生物馆？"

她的神情略显疲惫。

"每天早晨都很忙吧？"

听到这个唐突的问题，他很惊讶。

"今天上班后先喝咖啡，看文件，然后约午饭，还是先约午饭，再喝咖啡，看文件呢。忙着思考这个问题吧。"

他稍作迟疑，然后笑了笑，好像听懂了她话里隐藏的刺。脸上的酒窝竟然还在。夏日早晨，清晨弥撒结束后，让她痛苦的酒窝。

"我没有这个苦恼，因为我经常按照路线活动。喝咖啡，开会，整理文件，吃午饭……"

"什么工作？我的意思是说，生计？或者职业？办公室在这附近的话，应该不是无业游民。"

见面一个小时多了，她才问出这个问题。

"啊，我是自行车选手。"

他调皮地笑着说道。她轻轻拍了拍他的胳膊。随后，他们似乎稍微亲近了。他们断绝的岁月骤然缩短了。

"我在这里做椅子，也就是办公椅。工厂在南美，这边主要是设计和营销。"

分手时还是神学生的他，谈论永远的他，说让人看见宇宙的不是光而是黑暗的他，在做椅子……她忽然就笑了。

"老板另有其人，我是员工，不过这项工作我已经做了四十年。"

四十年，这个字眼仿佛从远处传来。她突然想起了荷尔德林。放弃神学院做家庭教师，和富豪的妻子发生了悲剧爱情，疯狂咆哮长达四十年的诗人，在塔里。而他做了四十年的椅子。

他们下楼梯，过走廊，进入另一个展厅。昆虫和鸟类的展厅。美洲的昆虫和鸟类会在他们时隔四十年的重逢之中留下怎样的痕迹呢？他们寻找最不混乱的地方，来到鸟类和蝴蝶展厅。室内很热，她脱下外套，拿在手里。她说着稍等，并脱下外套的时候，以为他在看别的地方，没想到她提着外套走过去，他说"你还是那么苗条"。

"苗条？不是啊……不过还是谢谢你。这是竭尽全力的结果。"

她说完，他笑了。她猛然想起那些每次变胖都会竭力矫正的岁月。这次重逢，她在他的视线里第一次醒悟过来。原来她在心里想着将来和某个人的相逢而度过了四十年，自己都觉得荒唐透顶。

"什么啊，又不是为了今天才努力保持身材。"她想幽默地回应，喉咙却哽住了。回韩国走过的路，参观过的展览馆和美术馆，走到哪里都能看到长得像他的人，她回想着那段时光。他们慢慢地走过展示鸟类和蝴蝶的展厅。

"那只蝴蝶好像是在春天被捉，然后在这里被做成了标本。"

他说。

"你怎么知道?"

她问。他回答:

"怎么知道的呢,因为蝴蝶的翅膀很干净。秋天捉来的蝴蝶,对,在这里。"

他指了指旁边的蝴蝶。

"你看。翅膀边缘乱糟糟的,这就是秋天捕捉的蝴蝶。春天或夏天捕捉的蝴蝶翅膀整整齐齐,相反,一年来顶风冒雨,到了秋天,蝴蝶翅膀的边缘就破成这个样子了。"

仔细一看,的确是这样。就像破烂的衣角,有点儿凌乱。她好像很震惊。因为博物馆里的暖气而稍微涨红的脸渐渐恢复了,甚至有点儿苍白。他担心地看着她。她的眼睛里瞬间布满了血丝。

"哪儿不舒服吗?怎么了?"

她不知道为什么会这样。一年间飞过春风、夏雨和秋光,翅膀变得破烂的样子令她悲伤。蝴蝶的翅膀变得破烂,因为它们努力飞翔,他说。她这才意识到是在和他相会。那个曾经说永远的人。

"不知道,我没想到蝴蝶也会这么辛苦。"

她的眼睛里迅速凝结了泪珠。他和她都不知所措。

"活得那么辛苦……活着太……"

她用手捂住了嘴。悲伤偷袭。他阻止了她。

"我们找地方喝点儿什么吧。刚好我也口渴了。"

他们改变方向，朝着地下咖啡厅走去。

14

走出自然历史博物馆，又刮起了狂风。她把妹妹给的黑色针织围巾裹在黑外套的上面。他也戴上羽绒服帽子，扣得很紧。博物馆前的中央公园看着就像黑白照片。

"这样穿真像修女。"

朝着第五大道走去时，他说。风声很大，他们说话几乎像呐喊。

"你问过我有没有当修女的念头，还记得吗?"

她大声说道。

他迟疑片刻，摇了摇头。

"既然都记不住了，还说让我当修女，差点儿就糟了。我讨厌修女。我连校服都讨厌得要命，何况修女服。"

"对不起，我不记得了。如果你当了修女，说不定今天就不能见面了。"

说完，他朝中央公园那边看了看。

"那边就是中央公园。你还记得吗？电影《爱情故事》里两个人在中央公园的滑雪场里滑雪，最后一次约会。"

"是吗？我不知道最后的约会，只记得他们在图书馆见面的场面。"

"已经三月了，天还是很冷，上周还可以滑雪，不知道今天怎么样，要不要去滑雪？"

他的目光一如年少时的调皮，微笑着说。

"我只是觉得冷。我讨厌深海，也讨厌凉凉的冰。"

她说。他忽然缩了缩肩膀，犹豫片刻，终于在拐角处拉住了她外套下的肘部。

"坐地铁去吧。下一站是'9·11'纪念公园。"

按照他的指引，她跟了过去。

"还记得《爱情故事》的主题曲吗？听钢琴演奏，像星星在闪烁，仿佛是圣诞节的灯在唱歌。"

他开始唠叨起来。

"他们打雪仗那个吗？Love means never having to say you're sorry，爱就意味着永远不必说抱歉，那

时候我真的很喜欢这句台词。"

他笑呵呵地走着。

"车在公司停车场。我想开车过来，不过今天是
星期五，我觉得会很慢，就这么走过来了。从这里
上车，换乘一次就行。我们坐地铁，没问题吧？"

他看上去真的很幸福，尽管只是短暂的瞬间。

他们下楼梯到地铁乘车点。几乎要撕破耳朵的
风停了，可以小声说话了。地铁进站，他们上车，
并排而坐。自从一九七八年在开往春川的火车上面
对面坐过之后，这还是他们第一次并排坐。她想着
这些的时候，他带着不可思议的表情，悄悄地注视
着她。

"和你走在中央公园的路上，一起乘地铁，这样
坐着……原来我的生命中还有这样的日子啊。"

这是什么意思呢？她仔细想了想。他又说话了。
直到现在，他还没问过她任何问题。他在想什么？
他把地铁乘车卡放回钱包，给她看一张照片。

"我的大孙子。"

孩子看着有三四岁。和他站在院子里，那里有

宽阔的草坪。

"好漂亮。今年夏天或秋天，我也要当外婆了。"

"是啊。"

他竟然没有多问，也没解释什么，只是把钱包放进口袋。

"你住在哪里？"

她问。

"我？啊，纽约。"

"哪里？"

"我说什么地方，你会知道吗？你对纽约很了解？"

"我知道长岛。电影《龙凤配》中奥黛丽·赫本自豪地说，我可是住在长岛的。啊，对了，还有《了不起的盖茨比》。"

"我在那里住过。"

"看来你过得不错啊。那里可都是上流阶层。"

"嗯，那些上流阶层的房子旁边，有几栋穷人住的房子，那就是我的家。前不久我搬到了曼哈顿，离办公室很近的地方，上东区。"

他的语气里充满了自豪。相比没有啤酒肚和没有脱发而言，这点更让她感激。

"谢谢。"

他惊讶地看着她。她接着说道：

"曼哈顿是好地方，对吧。"

他笑了。

"谢谢你，带我参观纽约，带我坐地铁，还告诉我你住在曼哈顿的好地方。"

她闭上嘴，随即想道：

谢谢你还活着。

15

100 miles to Cuba.

餐厅"距离古巴100英里"位于从基韦斯特到迈阿密的路边。一行人在基韦斯特海边参观过海明威旧居之后,乘车前往迈阿密。途中寻找吃午饭的地方,有人指向路边这家餐厅。一条很美的路,象征着春天来到迈阿密的黄花风铃木成排地矗立在两旁。招牌上涂有浓烈的黄、红、绿色油漆,走进古巴式前厅里面,摆放的却是整洁的餐桌和户外藤树下的长椅。胖女人系着围裙,在餐厅前吸烟。也许她是想到了自己的国家古巴而取了这个名字。院落清爽而美丽,到处都是深红色的三角梅花瓣。她曾经看过某位诗人写的《三角梅》。

　　因为咳了整夜的血
　　三角梅啊,

人们说你的红色很美。

他们点了鱼肉、鸡肉和加利福尼亚葡萄酒。温热而潮湿的风在吹拂。

朴教授说：

"是啊。距离古巴100英里，这说法听起来真的很悲伤。"

"没必要多说什么，仿佛听见思念的声音。"

他们聊了会儿餐厅。黑皮肤、长得很帅的西班牙裔青年给他们端来凉水。青年身穿白色短袖衬衫、黑裤子、黑皮鞋。她暗暗猜测他的年龄。

热乎乎的鱼肉和炸鸡上来了，两三杯凉爽清净的加利福尼亚葡萄酒下肚，朴教授说话了。

"大家都只记得初恋的美丽吗？"

初次相亲便结婚的朴教授依然对初恋颇感兴趣。

"如果说昨天晚上看着夕阳喝冰镇玛格丽特鸡尾酒算是天堂篇，那么现在是不是开始地狱篇了？总之很好，明天李美好老师要去纽约了，我们再聊会儿吧？"

坐在从当地租来的大巴里，他们依然谈笑风生，仿佛回到了大学时代刚刚学术旅行归来。也许是连续几天同吃同住的缘故？海明威作品触发的初恋话题仍在继续。

"如果好好记录下来，会不会成为《天方夜谭》？"

有人说道。之前没怎么开口的国文系黄教授意外地说话了。正是他们谈论皮千得的随笔《因缘》时背诵最后一节的黄教授。

"我不知道这件事可不可以说，就发生在来这里之前不久，我很想找个人说出来。这种事又不能跟妻子说。"

他的声音很低，稍微有点儿结巴。那张脸任谁看了都会猜测年轻时代的他是个模范生。他不能喝酒，第一天拒绝喝酒，说一口也喝不了，然而现在已经能喝两三杯了。有人曾说过，人类能适应一切，环境、苦难、悲伤，甚至是毒打。他接过第二杯葡萄酒，继续说道：

"退伍回来，我在大学里见到一名女生，觉得特别漂亮。只是偶尔遇见，不是同系，我也没多想。有一天，朋友说他认识那名女生，要不要见个面。他们很熟，那名女生请他介绍我们认识。"

"哇!"

众人轻声欢呼。深红色的三角梅垂到桌角，白葡萄酒呈现出浓缩了南国阳光的黄金色。风潮湿，也凉爽，并不闷热。

"我们第一次见面吃了寿司，她说她请客。怎么说我也是退伍的前辈，又是男人，就说不行，我请客。她说，那我们这样吧。二选一，要么我请客，要么你吻我一下，然后你请客。"

正在剔鱼刺的众人顿时眼睛发亮。

"等等，这是什么意思? 要么女人请客，要么男人想请客的话，先吻女人?"

朴教授问道。黄教授笑了。

"你们可能想象不到，以前我没发胖的时候，在学校也算是美男子。"

"再说下去要19禁了。我们的李美好老师要去纽约了，这个故事会成为告别之前最好的话题。"

有人开玩笑说。

"哇，这女生可真大胆啊。您是怎么选的？"

"我请客啊。"

黄教授说。

"那亲吻呢？"

黄教授的脸更红了。

"也做了。"

大家异口同声地发出孩子般的感叹。

"也许你们不相信，那是我的第一次。后来她成了我的女朋友。我下定决心要和她结婚。"

"我们那时候就是这样。"

另一名教授说道。八十年代初期，阔腿裤、耐克运动鞋、又长又密的头发。如果牵过手、接过吻，比起不结婚，结婚才显得更容易的最后一代人。

"不过呢，她这个人有点儿特别。在学校里不穿文胸，这在当时是很前卫的行为，还有很多男朋友。朋友们告诉我，她是个危险的女人，不要被她骗了。我还是坚守着自己的心。故意没和她有更多的肢体接触。因为我想和她结婚，白头到老，真的很想珍惜她。"

黄教授似乎有点儿难为情，低下了头。

"有一次，我们分手了几个月，然后又见面了。我开心地拥抱她，她对我说：

"'我真的好想哥哥。我知道我们还会见面，所以和你分手这段时间，我对开车和我约会的男孩子……'"

黄教授似乎有些迟疑，随后又说道：

"'只允许口交。'"

众人的脸色瞬间变得苍白。不是黑夜，不是酒桌，何况还有女教授在场，这可是从来没有过的事。然而黄教授那张太像模范生的脸是那么端庄，及时阻止了这个话题堕落为荤段子。

"哇，真不是普通女人。"

有人说道。这时，黄教授用手帕擦了擦额头的汗，说道：

"她的性欲确实很强。好像真的是这样。不过，女人性欲强也不是错。"

她立刻就愣住了，好像被轻轻地击中了后脑勺。是啊，谁能谴责她的自由恋爱呢？她想起凯默夫人在柏林讲过的露·莎乐美的故事。

"不管怎么说，当时您算是结交了很了不起的女人，黄教授。"

朴教授做了总结。

"也许只是我个人的想法，总觉得她很喜欢我。尽管有很多男人追她，也有很多男人和她跳舞。毕业之前，我带她去了我在庆州的家。我想结婚。以前我没说过，我们家是三代新教家族，从爷爷开始，包括我父母都是庆州大教堂的长老。我们家是带有长檐廊的传统韩屋。她和我父母打过招呼来到我的房间，就开始抽烟。"

朴教授嘿嘿笑了。

"还是在古都庆州。"

"她把后窗都打开了，想让烟味散掉，可家里还是充满了烟味……"

大家都笑了。黄教授也露出了微笑。

"那天，我第一次知道烟味可以扩散那么远。因为我从来不抽烟……从有着虔诚信仰的奶奶到父亲母亲，他们都直摇头。在我们家住了一夜，第二天她就回去了，她也看出来了。因为她是善于察言观色，而且自尊心很强的女人。我是家里的长子，想来想去，和她结婚根本不可能。我也不知道，或许是觉得麻烦吧。所以我只能放弃她。事情显而易见，她也没再联系我。在学校里偶尔遇见，每次她都和别的男人在一起。"

"黄教授太可怜了。"

"感觉故事是以色情片开始，以正统启蒙历史剧告终。"

大家都笑了。总之，时间最伟大，充当了把悲剧变成喜剧的催化剂。

黄教授又用手帕擦汗。

"当时我压力太大了，结果胖成这样。"

另一位教授提议干杯。

"不久后，我听到了她结婚的消息，又过了不久听说她离婚了。父母不知道从哪儿听说了这件事，把我叫了过去。那时我还没结婚，也没有女朋友。他们说：'孩子，把她带回来吧。既然知道她变成这个样子，我觉得我们现在应该收留她。'"

"天啊，真是有涵养的父母。"

另一位教授说。黄教授笑了笑，慢吞吞地继续说道：

"我打听着找到她，见了面。我决定和她结婚。

有一天，我得知她和两三个男人有规律地上床。她说：'什么都不是，只是性伙伴而已，甚至连电话都不打。如果没有他们，我会每天缠着忙碌的你见面。我自己会看着办。'"

"故事又变成色情片了，黄教授，真的很像《天方夜谭》。"

另一位教授说道。这次的笑容有点儿尴尬。

"我受到很深的伤害，于是分手了。可是呢，就在来这里之前的大约一个月吧，我正坐在研究室里，电话突然响了。我接起来，是她。"

"哇！"

女教授们欢呼起来。

"分手快二十年了。电话里传来的声音有点儿模糊，不过听到'哥哥，还记得我吗?'的瞬间，很神奇，我立刻知道是她。"

"哇，黄教授，没想到这么跌宕起伏。"

"后来呢?"

"她说，'我在中国，刚从机场出来，手机、护照、钱包都丢了。你也知道，我没背过电话号码，可是我知道你在那儿当教授，我就往你们大学打电话，找到了你的号码。哥哥，往我在这里认识的大叔账户里汇机票钱，回国后马上还你'，于是我……"

"您是怎么做的？"

她问。

黄教授又喝了口葡萄酒，然后说道：

"没有回答，直接挂断了电话。"

正在倾听的教授们都沉默了。

"为了还机票钱，回国后又要见面，您是害怕这个吗？"

朴教授问。

"不是。"

黄教授回答道：

"显而易见，在国外丢了钱包、护照和电话，为什么要找分手快二十年的我。已经给身边的人打过电话了，她在所有人那里都失去了信用，干脆把初恋也当成借钱的对象。不是因为我的专业是戏剧，而是怎么会有这样的剧本？"

她突然看向黄教授，似乎明白黄教授为什么背诵皮千得随笔《因缘》的结尾了。

　　"走进那个家，迎面看见朝子那百合花般凋零的脸……有人朝思暮想，却难得一见；有人终生不忘，却也不再相见。朝子和我见了三次。第三次应该是不见为好。这个周末我要去趟春川。昭阳江的秋色会很美吧。"

16

走出地铁，去"9·11"纪念公园的路上刮起了狂风。风很大，几乎无法前行。他轻轻低下头，偶尔回头看看跟在身后的她。

"很累吧?"

他在狂风中大声说道。

"啊，我走不动了。怎么会有这么大的风。"

她嚷道。他走到她身边。她抓住他的羽绒服衣角，半低着上身向前走去。

"我问外甥女，珍妮呀，纽约的天气怎么样? 我应该穿什么衣服? 外甥女说，姨妈就想着要爬太白山就行了。尤其是去曼哈顿的话，更是这样。我听了一笑而过，没想到真是这样，太过分了。太白山的风也没有这么大啊。"

他在风中哈哈大笑。

"不过还是韩国冷。韩国的风冷得刺骨。"

"不，那儿没有这么大的风。这里的纬度也比首尔高。"

她边说边往自己的心灵手册上添了一项。

3.原来他感觉首尔很冷。作为神学生的他感觉特别寒冷。

绕过建筑物拐角，风突然停了，眼前出现了意想不到的风景。曾经是双子大厦的辽阔地方犹如两座大湖，或瀑布。这座建筑的建筑师命名为"倒影缺失"(Reflecting Absence)，无须解释也能感觉得到，心里有种堵塞感。

"'倒影缺失'知道吧？也许还可以翻译成'映照缺失'或'空的思考'……这水意味着死者和家属的眼泪。"

神奇的是，只有那个瞬间没刮风。不，也许是感觉不到风吧？对于巨大悲剧的记忆重新转化为听觉，导致耳朵嗡嗡作响。那是让人想要敛起衣角跪在地上的风景。逝者的名字如石碑般刻在水边。感觉像是数万把空椅子排列在那里，好像在凯默教授家看到的父亲坐过的空椅子。石碑仿佛在止不住地流泪。正如鲁米的诗歌，仿佛所有的石碑都如同水车般哭泣。名字上方到处都是鲜花。二十年过去了，仍然有人来访。奇怪的是，这里完全感觉不到凉风。她闭上嘴，环顾这个地方。放着白玫瑰的地方刻有碑文，上面是某个女人的名字和"她尚未出生的孩子"（her unborn child）。她双手合十。

面对死亡，我们重新思考。不是思考何为死亡，而是何为活着。

他们拿着门票进入"9·11"纪念公园。通过金字塔似的入口，眼前出现了通往地下的电梯。她和他从地面向下走。

"那个铁柱子用于支撑倒塌的北塔。"

往他指示的地方看去，只见墙壁托起了无人进入的深深的地下世界。如果说迈阿密梦幻般的椰树荫和基韦斯特的夕阳是乐园，那么现在就像从曼哈顿暴风雨后的人间，进入死亡如狮虎般咆哮的阴曹地府。

"那是挽救了无数人的'生还者楼梯'。人们通过楼梯成功逃出，可是逆行而上的消防员全都牺牲了。"

她抬起头，眼前是一面巨大的墙壁，上面刻着古罗马诗人维吉尔的诗句。

No day shall erase you from the memory of time.

（即使日夜轮转，也不能把你们从时间的记忆中抹去。）

17

　　在惠化洞神学院见面的时候，他说感冒了，围着厚厚的围巾来到见面室，眼神空洞而黯淡。那是凉风习习的春日。他把手里的英语杂志递给当时读高三的她。封面是看上去很善良的主教的脸孔。

　　"这是罗梅洛总主教。圣萨尔瓦多总主教。他站在穷人的立场上独自战斗，上周去世了。殉道。做弥撒的时候遭到极右势力枪杀。"

　　他好像为了悼念总主教而独自绝食，不是感冒。

　　"这里刊登了他去世之前的采访。"

　　他翻开杂志。

　　"你英语好吗?"

　　他把杂志递给她，走到她身边坐下了。他的身上散发出难以言说的寒气。他并排坐在她身边，用手指着杂志上的报道读了起来。

众所周知，我出身于贫苦人家。我也曾饿过肚子。但是，从我就读于罗马天主教大学开始，我就渐渐忘记了自己的出身……是的，我变了。事实上，我只是重新回到家里罢了。

各位兄弟姐妹，我们教会首先关心穷人，并为他们代言，因此受到迫害，我为此感到喜悦。

哪怕有一天他们占领电台，或者封锁报纸，或者阻止我们发声，杀害我们的司祭和主教，也会有各位留下来。即使没有了司祭，各位也要成为主的代言人，成为先知的传播者。

我们信仰的和平是正义的果实。

读到这里，他似乎有些激动，屏住了呼吸。

"如果什么都不做，他会很安全。如果他只是稍微关心贫困人群，别的时间保持沉默，他会很安全。只要稍微提几句，他就会受到尊敬。然而他为贫穷的人们做事，而且非常非常袒护穷人。"

他似乎哽咽了。他只是用手指指着下一句，没有读。她结结巴巴地读了下去。

请相信我。为穷人献身的人们，谁都要经历和他们相同的命运。在萨尔瓦多，穷人的命运就是被绑架，被拷问，被关进监狱，变成尸体。

如果他们成功杀死了我，那么我会宽恕暗杀者，并为他们祝福。希望他们明白，他们只是浪费时间。也许会有主教死亡，然而主的教堂和国民永远不死。

"还没死，就说要宽恕和祝福暗杀者……比起苦难，要去忍受苦难的漂亮话更好听，学士先生。"

"漂亮话？这是生活！"

他咬紧牙关，短促地回答。他看起来很尖锐。她不能完全理解他的痛苦。那时她的父亲还没有被带走。一个多月后的某个凌晨，穿皮鞋的陌生男人们闯进来，没有搜查证，就像强盗似的把他们家翻了个底朝天，强迫穿着睡衣的父亲换上衣服，并将他带走，恶毒地拷打。对她来说，这些野蛮的状况并不陌生，然而这些话语还是让她感到恐惧。

她还记得，报道结尾刊登了已逝总主教的照片。惨遭暗杀的总主教躺在棺材里，面孔庄严而平静，宛如正在傍晚的书房里读书，听到主呼唤的富有的神父。甚至好像带着微微的笑意，她觉得奇怪。中枪的瞬间，肉体应该感受到极度的疼痛，哪怕只是很短的瞬间。受到大脑控制之前，肉体应该因为痛苦而扭曲。然而这位已逝神父的脸孔却是那么平静。拍摄暗杀现场的照片上，总主教倒地不起，头部血肉模糊，然而彻底死后的总主教却是面容祥和。那么在肉体死亡之前，如果有灵魂的话，灵魂离开肉体之前，又是什么将因痛苦而扭曲的身体舒展开来？如果我们有灵魂，即使肉体受到致命伤害而死亡，灵魂也会毫发无损，最后清理干净曾经寄居的家，收拾到最适合自己的状态，然后才离开吗？像有品位的主人在搬家之前，还要把家打扫得干干净净吗？

他太累了。结束简短的探视，她就回家了。从惠化洞神学院走到钟路五街，乘坐地铁一号线。地铁在南营站驶上地面，经过汉江，到达她家的小区。一如往常。这样的时刻，汉江的晚霞很是浓艳。咔嚓咔嚓声让人联想到火车，火车是他和她最早共处的空间。所以她经常乘坐地铁一号线，然后步行回家，尽管有点儿远。几天后，她收到了他寄来的长信。还是罗梅洛的故事。

　　"任何声明都不能表达全部。任何祈祷都不能完全表达我们的信仰。任何告白都不完美。任何司牧的访问都无法和信徒完全成为一体。任何事业都无法彻底完成教会的任务。任何目标都不能包含一切。"

　　"各位，请不要被不义、杀人和拷问玷污你们的手。我爱你们。"

他写下罗梅洛的话，继续写道：

　　教会没有保护罗梅洛。失去贫穷时光，站

到富人那边的主教们甚至赶往罗马教廷，污蔑罗梅洛主教是共产主义者。早晨睁开眼睛，罗梅洛主教就看见满大街都是遭受彻夜拷打、眼珠被挖、皮肤被剥的尸体。他也将迎来这样的死亡，但是罗梅洛没有退缩。

我想过了。做神父，也许就应该做好被谋杀和死亡的准备，应该想到为别人而死。现在韩国教会已经不穷了。韩国的神父绝对不穷，然而我可以独自贫穷吗？我独自站在穷人的立场，最终必死无疑，我明明知道这样的结果，还能继续走这条路吗？我能成为这样的神父吗？去年在釜山和马山，有的学生倒在刀枪之下，有的被带走遭受严刑拷打，有的被关进监狱。如果当时面对他们的刀枪，有人对我严刑拷打，严加威胁，我会像罗梅洛那样活，像罗梅洛那样死吗？

她记得那天的信，不光是因为信很厚，更因为这是他第一次向幼稚的她吐露自己的矛盾心情，也是最后一次。那天夜里，她做了祈祷。她记得自己很虔诚。

> 主啊，我愿意让步。请保佑那个人按照最初的愿望成为神父。不过我有个条件。不要让他像罗梅洛总主教那样遭到暗杀。请保佑他不被暗杀，也能做个为穷人代言的好神父。如果我的心愿与您的意志一致，请保佑我的心愿实现，谢谢。像里尔克说的那样，这个祈祷除了您和我没有人知道，主会知道我的诚意。

很快就到了五月。父亲被带走，所有的大学都下达了休学令，他也离开神学院宿舍，回到社区教堂。外面传言说，身为神学生的他痴迷于弥撒，嗜酒成瘾。母亲每天都从南营洞无功而返。律师说他在努力，可是无济于事。

回到家里，母亲正在大声打电话。

"怎么可以这样呢？我们李教授是怎样对您的，您怎么可以这样？拿不到德国签证的时候，您来我家了对吧？当时我在家里照顾了您一个月。对您的事，李教授是多么全力以赴，您都忘了吗？"

父亲被带走之后，以前常常响起的电话铃再也没有响过。

"美好，你听好了，人这东西就是这样。面对他人的不幸都会卑鄙地逃跑，好像什么都没发生似的。你父亲对他们那么好，他们怎么可以……"

经常出入他们家的父亲的朋友、学生和同事的背叛，让她和母亲倍感痛苦，不亚于父亲被监禁和拷问。

"那个人，怎么可以这样呢？他经常来我们家，得到你父亲的各种帮助，可我一找他帮忙，他就溜之大吉，现在连电话都不接，根本不露面。"

她正读高三。后来人生中无数次遇到不期而至的苦难瞬间，每当这时曾经信任的人不约而同地消失，然后毫不相干的人出现，帮助陷入困境的她。那时只是开始。夏天到了，水银柱也没有上升，成绩一落千丈。她连教堂也不想去了，因为讨厌人。光州数千人惨遭屠杀的传闻如同黑雾般扩散，那是个充满幻灭的阴冷的夏天。

18

"当时的死亡人数是两千九百七十七人，其中有两千六百人死在这里。"

她点了点头。

"我还记得，电视上每天都播放这个场面。那是我到现在这所大学就职的第一个学期，记得格外清晰。"

"原来是这样。我家老二就在附近的学校上学。那天我是跑过来的，幸好儿子安然无事。从那以后，我一直在这里做志愿者。"

巨型屏幕上反复播放着双子大厦被客机撞击的恐怖画面。二○○一年九月十一日，所有生活在二十世纪，并且在地球上迎来二十一世纪的人类，谁会忘记这个场面？走进展示牺牲消防员脸孔特写的房间，她的腿开始瘫软。那里有着太多的死亡，以至于生者在参观时很难承受。

"我还记得，最残忍的是浓烈的尘埃。一周之后，尘埃还没消散。不过，人们的献身精神非常了不起。我们穿着带星条旗的马甲，努力地帮助复原。"

突然，她再次看向他。尽管是刹那间的感觉，他现在似乎真的是韩裔美国人了。一九七九年，朴正熙遭到暗杀是历史的审判，她身边这样说的人只有他和父亲。看到因为组织工会而被带走的女工，那个曾经绝食并祈祷一周的神学生。认为他们不是共产主义者的人，她的身边也只有他和父亲。一九七九年十二月十二日，光州屠杀事件的主犯全斗焕将军队调往首尔的时候，美军明明知道却睁一只眼闭一只眼，宣扬美军应该对光州事件负责的人也只有他和父亲。不料，四十年后重逢的时候，他却站在美国心脏的正中央、曼哈顿归零地和她说话，而且穿着带星条旗的马甲。就像曾经是埃及人的犹太人在游荡四十年之后变成了以色列人，他在美国生活四十年，当然也会产生这样的变化。

他们穿过破碎的消防车、断裂扭曲的钢筋和没有倒塌的哈得孙河堤，游走在地下世界的各个角落。死亡的痕迹绵延不绝。她稍作休息。他不知从哪里买来两瓶水，递给她一瓶。然后突然，真的是冷不防地问道：

"还记得那时候我们去过的酒吧吗?"

她很惊讶。原来他还记得，为什么现在要问这个呢? 她感到吃惊。

"当然，我的记性很好。梦游岛啊，一座西海的岛。"

"对，梦游岛，好像是你高二的时候吧。初高中联合夏季修炼会。"

说是遥远的海，然而那水似乎并不很深。海水是近乎淡绿色的翡翠。阳光亮闪闪地洒落在海面，看上去有几分透明。空气潮湿而炎热，却是游泳的好天气，如果投入大海，水里应该温暖得就像山斑鸠的怀抱。他和朋友们的脑袋浮在辽阔而平静的海面上，像皮球。笑声不时地反射到水面，回荡在海边。看得见大海的山坡上，她独自站在林中，那里有弯曲的松树面朝大海而立。她不能和他们一起游泳，因为她有强烈的恐水症。

她和朋友们在脚能触到水底的浅水区游泳。走
到海边吃零食的时候，他说：

"吃完之后，我们去稍远点儿的海里吧。"

她原本千方百计想要进入他的视野，这次却坚
定地回答说：

"我不去。我小时候有过溺水的经历，到了碰不
着底的地方，哪怕游得再好，身体也会僵硬，沉到
水里。"

他调皮地说：

"有我在，没关系。再说了罗撒，你不是游得很
好嘛。"

"我说了，不行。我对游泳比谁都有信心，可是
只要脚碰不到底，还不等我思考，身体就僵了。只
要到了远海，我必死无疑。"

"没关系啊，你要是溺水了，我会抓住你。大家
都去。走，出发！"

朋友们跟着他冲进了大海。他跑到浅浅的波浪
上面，转头看她。她摇着头往后退。他挥手示意她

跟上来，但她没有。她很羡慕那些跟他去远海的朋友。她想看见他的身影，于是跑上了看得见大海的山坡。

不一会儿，他们回来了。他顾不上擦干啪嗒啪嗒滴水的身体，径直走向她的位置。

"还有人要去吗？这次我们要走得更远。我会特别优待深水恐惧症的朋友。"

年纪虽小，不过她也觉得他的话很可笑。作为神学生，他不能向她示爱，更不能表白，然而他又渴望让她知道这份不能被人发现的爱情。她摇了摇头。

"我说了不行。我会死的。"

他喝了口凉水，看了看她。

"那天你和我，我们两个人不是去过远海嘛。"

呼，仿佛有旋风吹过。风力很强，犹如《绿野仙踪》里卷走多萝西的风。

"什么远海？我不敢在深水游泳。"

他像泄气似的笑了，然后做出理所当然、懒得再解释的样子，果断而轻松地说：

"去了。你和我，两个人。"

突然，她意识到这是事实，因为他没有继续争辩。她想，梦游岛。在这个满是死亡痕迹的地下空间，他为什么突然召唤他们生命中最夺目的瞬间？

19

她不记得自己游到远海，甚至不记得和他单独外出的事。迄今为止，她没有在深水游泳的记忆。尽管如此，她并不怀疑他的话。混乱不期而至。她觉得自己似乎应该说些什么，然而说什么才好呢。他看了看表。

"我跟饭店预约的是七点钟，现在应该准备出发了。刚才我也说了，周五晚上不能坐出租车。我们坐地铁去吧。现在必须出去了。"

她跟着他起身。不管有没有游去过远海，大清早起床收拾行李，从下飞机到现在，所有的行程令她深感疲惫，看过几个展厅里陈列的尸体，又看见了通往地上的电梯。她先上去，他也跟着上去了。

"想想真的很危险。当时我们都有可能死。"

他站在比她矮一级的台阶上，跟她差不多高。他又提起远海的事，然而她根本不记得。好奇怪。

她明明有着超人的记忆力。

"有什么危险啊？毕竟是海水浴场嘛。"

她觉得讨论这些往事没有意义，于是说道。电梯在上行。

"不，很危险。那个时候，如果远海突然掀起异常的波涛，我们两个人都会被卷走。"

我不可能走那么远啊，我对深水有恐惧症。小时候学游泳落入过深水，从那以后我再也没到深水里游过。直到现在也没去过。她正想说这些的瞬间，他说话了，依然像是自言自语。

"如果我们一起死在那里，说不定更好。"

"什么？"

她以为自己听错了，大声反问道。电梯快到地面了，她又感觉到了凉风。

"我说一起死了也挺好啊。"

他扑哧笑了。

"这就是人生吧。"现在，无以复加的混乱扑面而来。就像飞碟到达，比自己年纪更大的白胡子老爷爷走下来说，"奶奶，我是您的孙子，将来我们一起生活"，比这还要混乱。他在这里目睹了太多的死亡，所以又想起了死亡吗？无法理解。既然是那么危险的出海，她不可能记不住。电梯到达地面。她先出来，他紧随其后。

来到地面，强烈的灰色暴风袭来。他们默默地走路。归零地有什么含义，她再次陷入了思索。归零地，原来是核武器的爆炸地点或被炸中心地的军事用语，然而"9·11"恐怖事件发生之后，它成为代表世贸中心爆炸地点的专有名词。从词典上看，归零地是炸弹的落点，核爆炸上方或下方的地点。她感知到自己心里有个庞大的炸弹在炸裂。但是，她还没有任何感觉和意识。她知道那不是刚刚爆炸的炸弹，结果却是一样。极限的无感？这里好像就是归零地吧，炸弹爆炸的地方。

为了乘坐地铁，他们走进世贸大厦购物中心。如果说刚才的纪念公园是死亡空间，那么这里就是生存空间，明亮、宽敞而繁华。拥挤的人群左右移动。她还记得那天从一百层大厦坠落，像落叶，又像一个个点的人。落到下面的人死了，升到上面的消防员也死了。如今商店亮堂堂，商品琳琅满目。

买的卖的，走的跑的，这就是生活的象征吗？那时候，那些人，瞬间就死亡了吗？

"很多人在这里拍照留念，站在这个栏杆旁边，可以看到下面购物中心的广场。"

他又像纽约导游似的说道。是啊，刚才在"9·11"纪念公园想都没想过拍照，现在照一张似乎还不错。

"那就拍一张？"

她走向栏杆，摆好了姿势。他似乎有点儿慌张，看了看她。

"你的手机给我。"

"什么？"

哪怕关系不是特别亲密，这种情况通常也会拿出自己的手机说，"我给你拍"。他却没有从口袋里拿出自己的手机。

"啊，好的。"

她在随身携带的大购物包里翻了半天，终于找到手机。一般来说，如果耽搁久了，对方应该用自己的手机先拍——他们互相知道电话号码也有联系——然后再发照片。他只是面无表情地站着，直到她从大包里找到手机。她尴尬地回到栏杆旁，他拍照。他把手机递给她的时候，她突然发觉他有些泄气，接过手机确认照片，发现拍得很糟糕，真想立刻删除。她又看了看照片，都没有聚焦。她突然想到，原来他在颤抖。她想在心灵手册上再记下一条。

1. 自言自语，像个独居的人。

2. 被批评总是只想自己。有时是被妻子，有时是被母亲。

3. 原来他感觉首尔很冷。作为神学生的他感觉特别寒冷。

4. ……

她什么也写不出来了。

"照片还可以吗?"
走向地铁的路上，他问道。
"嗯，不好。实话实说，我想删除。"
他笑了。

"想说就说，想做就做，你还是老样子。"

她收起笑容，注视着他。他竟然还记得她的缺点，这让她惊讶。关于这点，她的丈夫也曾说过。仿佛有慌张而又黯淡的气息笼罩下来。

"没关系。那也还是很漂亮。我这辈子都没见过比你漂亮的人。"

直到现在，她仍然不能理解，为什么他会在那样的场合说出这种话。游向远海的时候死了也好，这是什么意思，他为什么说这种话？想到这里，她不由得失声尖叫。尖叫过后她想，那似乎是愤怒。她尖叫着摇晃身体的时候，他吓了一跳，试图抓住她的胳膊。瞬间，她粗暴地甩开了，怒火中烧。连她自己都无法理解刚才的举动。

"你为什么要说这种话？"

直到现在？这句话她忍住了。可是站在那里，站在世贸大厦购物中心豪华而辽阔的广场，她渴望像反抗似的质问他。那个带她来这里的问题，那个让她内疚四十年，忍耐四十年的问题。"你对高三的我说完那句话，让我等，可你为什么没来游乐场？为什么不回信？很快就和别人结婚？你做了这样的事，现在却说这种话？我们一起死了也好，这是什么意思，我最漂亮又是什么意思，啊？你说话啊。”

什么东西沿着喉咙涌了上来，说不清楚是什么。她慌了。

"奇怪啊。过去的四十年里，我竟然从来没有好奇过这件事。"

他和她，尴尬地站在宽阔而豪华的广场。仿佛心里的故事都被她看穿了，他脸色苍白。还是不见更好，她想起皮千得的作品，甚至想跑着离开这里。为什么要来见他呢？她后悔了。突如其来的愤怒又是因为什么，她自己也不知道。

"我不想说对不起。"

她说。他愣了片刻，笑了。

"好，不用说。我们之间不要说这种话。"

他们继续去地下乘地铁。

"我让我妹妹过来一起吃晚饭，还记得她吗?"

想起来了。年龄相差很多的妹妹，他很消瘦，他妹妹和他不同，长得圆润而可爱。

"当然记得。她在这里吗？她和我也很要好的。"
她欣喜地问道。他回答说：

"我从神学院退学后，我们全家都来了美国。"

"我上大学那年？我离开小区那年？"

"嗯。"

所以他没有回信。她这才理解了。柏林的雨夜，她在地球的另一面向他发出求救的信号，像敲打触摸不到的莫尔斯电码。她刚才的愤怒里包含了埋怨吗？她既想见他可爱的妹妹，又有些失落。原本打算在吃完饭后，喝杯葡萄酒，再好好问他。那时候你为什么要跟我说那些话？为什么最后也没有回答？

如果他妹妹来了，这个机会就消失了。于是，她决定把深藏四十年的所有问题都埋在心底。他让妹妹加入他们的晚餐，意思是不想和她分享心里的秘密吗？如今该把这个问题忘掉了，她想。仔细想想，好像她也不全是为了这个问题才和他见面。

他们又回到曼哈顿北边。在信号灯前，他说：

"看见那边了吗？那是我非常喜欢的饭店。史密斯与沃伦斯基餐厅。"

他护着她，让她后退了几步。

"想看吗？在一百层的高楼大厦之间，只有那家餐厅是两层。"

两层的餐厅建筑昂然屹立于百层建筑鳞次栉比的曼哈顿中心。她回答说：

"这么昂贵的土地上竟然有像恐龙一样古老的东西。"

她又想起来了。今天早晨他发送饭店清单供她选择的时候，没有这家餐厅。计划纠结了很长时间，结果去了意想不到的地方，人生也大抵如此吧。

20

　　就像黄色的小猫咪变成了黄色的猫妈妈，白色的小珍岛犬变成了白色的狗妈妈，黑色的小黑熊变成了黑色的熊妈妈，他的妹妹也变了很多。她在这里经营以韩国人为对象的考试咨询学院。事业不错，似乎也算很成功。人到中年，妹妹依然圆润可爱。小时候的表情像扎猛子似的不时闪过。妹妹让她很愉快，简直无法相信已经过去了四十年。

　　回头看去，时间总像冻得很厚的冰河。尽管不会轻易开裂，没有空隙，然而回头看时，却以巨大的单位流逝，仿佛过去了一个世纪。如今，年轻的她们已过中年，穿越时间的大海在曼哈顿中心见面，太神奇了。

　　牛排、葡萄酒和沙拉盘子渐渐空了。刚才在世贸购物中心发火之后，他和她都无法掩饰尴尬。如果妹妹不在场，她可能会因为忍受不了尴尬而吃得心不在焉，甚至起身离开。她连一半的牛排都没吃完，只是不停地喝着葡萄酒。从寒冷刮风的街头走进室内，再加上空腹喝葡萄酒，胃里火辣辣的。互相聊了会儿近况之后，她说：

"离开那个小区后的第二年，我就去德国了，柏林。"

妹妹用叉子叉起沙拉，回答说：

"我们都知道，姐姐。对了，哥哥你带来了吗？姐姐翻译的荷尔德林诗集和里尔克散文。哥哥总是带在身边。那上面有姐姐的简历。"

她用惊讶的目光望着他。他不置可否，只顾切着牛排。

"还有那个……"

妹妹想说什么，但是闭上了嘴巴。

"总之，我们都知道姐姐在德国。"

她想起从刚才见面开始，他没有问过自己任何情况。原来他都知道。她的心里再次吹过又一阵莫名的风。

"前不久我还路过以前住的小区和那个公寓前面。小区还是老样子。"

"啊，原来是这样。姐姐，你还记得我们以前住过的小区吗?"

"当然，电话号码都记得。1208，跟公寓号码一样嘛。"

她说。刹那间，他不由得愣住了。说完之后，她自己也很惊讶。

"我都忘了，姐姐还记得，真了不起。"

"罗撒本来就记性好。"

他终于插了一句。

"我哥哥先到的美国，大概是三年之后，一九八五年左右我们离开那儿，来了美国。"

刚才他明明告诉她，在她离开小区的第二年，也就是一九八二年，他们全家都来了美国。如果不是这样，那就意味着有人收到了她寄去的航空信。她没有继续追问。

"母亲还好吧?"

她转移了话题。关于信件，她还有疑问，但她决定不再提起了。

"嗯，跟我住在新泽西，那边的唐人街。我单身，姐姐。"

单身是离婚还是未婚，她也没问。或许，四十年的岁月足以让这些问题变得没有必要。妹妹继续说道：

"想想真有意思，你知道吗？妈妈每天让我监视姐姐和约瑟哥哥……现在我还记得呢。"

"什么？真的吗?"

妹妹咯咯笑了。她也跟着笑了。某种愉快的气氛落上了刚刚打开的葡萄酒。不过，她很意外。他母亲在教堂里很有名，她不记得他母亲认识自己。每次教堂有活动，他母亲就会穿着上下同色的韩服参加。盘起的头发很有古典韵味。后来听说儿子成为神学生也不是自己的心愿，而是为了满足母亲希望儿子成为神父的愿望。

"所以，我也跟着去了梦游岛。初一的学生只有我，紧跟着姐姐——监视。"

不知道为什么，她又咯咯地笑了。妹妹夹在他和她之间似乎是好事。因为妹妹的登场，两人才有了暌违四十年重逢的样子。

"我总是睡在姐姐身边。现在哥哥老了，头发也掉了，不过当时教堂里的姐姐们都喜欢他，妈妈不知道有多么担心呢。"

转头一看，他在微笑。

"是吗？我还不知道呢。"

她说。妹妹不管不顾地继续说道：

"还记得当时的篝火晚会吗？哥哥弹吉他，我们唱歌到深夜，起身去卫生间回来后，教堂的姐姐们都坐到我哥哥旁边，就想离哥哥近点儿。不过那时候罗撒姐姐很厉害，只有姐姐没那样，坐在那里纹丝不动，跟哥哥的距离很远。我上卫生间回来，还是那个位置……那时候，别的姐姐在卫生间里说，坐在旁边有什么用，约瑟学士的眼睛里只有李美好罗撒，看都不看我们。我把这些话记下来，准备向妈妈汇报。啊，我都五十多岁了，怎么还记得这些。听说人年纪大了，只记得小时候的事，刚刚听到的话却转头就忘。"

听完妹妹东拉西扯，三个人哈哈大笑。耳边传来隐隐的歌声。穿着现在看来很土气的喇叭裤和大领子T恤衫唱歌。"穿起贝壳，挂在她的脖子上"，或者"风雨交加的海面变得平静，今天你会回来吗，从大海那边"之类。

点燃篝火，他弹起吉他，主日学校的姐姐们拿出零食的夜晚；宁静的梦游岛；爬上矗立着弯曲松树的山坡就能看见大海的美丽岛屿。

是的，曾经有过这样的日子。即使在夜里，大海还是温暖而宁静。

21

喝完三瓶葡萄酒，时间已经过去了很久。他们又点了份乳酪拼盘，时隔四十年的重逢即将结束。直到妹妹说出那句话之前，这只是普通而温情的邂逅。

"对不起，姐姐。我对姐姐说过很多谎话。那时我以为是对的……我担心哥哥会离开神学院和姐姐结婚。我和妈妈真是大错特错了。"

她没有掩饰稍微变得尖锐的神经，抬起头来。

"我从德国寄去的信，你们都收到了吧？你收到的吗？"

也许是因为刚才下了太多的决心。正如那个心理实验，如果说"不要想大象"，结果除了大象什么都想不起来。她刚才就告诉自己，不要追问从德国寄去的信，反而脱口而出。妹妹愣住了。她转头看他。他垂下眼睛，似乎刻意不往她这边看。看来他早已知道了全部真相。直到现在，所有的事情似乎终于说得通了。信没有退回，她相信他还住在那里。其实他已经不住那里了，住在那里的家人替他接收了信件。她好像被很细的针戳中了，感到轻微的疼，不过她很快就微笑着说道：

"信没有退还，我就猜测还有人住在那里。"

她没有产生遭到背叛的感觉。那都是四十年前的事了。教《圣经》的修女说过，四十年是无法挽回的时间。以色列民族在旷野游荡的时间，也是让人发生变化无法回到埃及的时间。她第一次感觉到轻微，非常轻微而模糊的疼痛。

"不过的确有点儿过分。哪怕给我发张明信片也好啊，告诉我哥哥已经不在这里住了。我就不用白白辛苦了。"

她笑着说道。这才有了几许埋怨的情绪。她接着说道：

"酒劲上来了。既然说到这里，我就顺便问个事。四十年了，我一直想问。"

她的脸微微涨红，转头看着他。他似乎在认真思考什么，神情有些迷茫。没有双眼皮的眼睛没有注视着她。

"对不起，我打断姐姐一下，妈妈让我把信烧掉……"

出人意料的话。

"我把那些信都收起来了。"

刹那间，她惊讶地看着妹妹，继而看向他。他顽固地不肯看她。

"后来我到了美国，给了哥哥。"

现在，她已经不记得在柏林的夜晚写了些什么内容。

"对不起，我监视姐姐并不是因为妈妈让我这么做。其实我真的很喜欢姐姐，姐姐在信里说的话好悲伤，姐姐以为哥哥继续在那里读神学院，每天祈祷……"

妹妹的声音有点儿哽咽。她干咳几声，喝光了葡萄酒，避开妹妹的视线。模糊的记忆拼图冲破迷雾，正在慢慢呈现。然而冲破迷雾浮现在脑海里的并不是当时写过的信，而是写信的自己。饥饿的夜晚，大风呼啸的漫长的西柏林之夜。归根结底，回忆不是回味对方，而是回味自己面对对方的姿态。

她又喝了口葡萄酒。炎热的夏季碰到葡萄树，结出黑色甜美的果实。红色葡萄酒是回忆过去的炎热夏天时流下的黑色泪水。

　　她突然抬头，和他视线相对。他像被刀刺中了似的，看起来很痛苦。他的痛苦好像沿着血管流进了她的身体。第一次看见他的痛苦，这正是她的痛苦。

　　"刚才你说有事要问我？"

　　他好像从沉思中清醒过来似的问道。

　　"啊，是的。"

　　"问吧，还有什么不能回答吗？"

　　听他这么说，她倒是有点儿犹豫了。

　　"没关系，这个年纪了，隔了四十年才见面，还有什么不能回答的呢。说吧，什么问题？疑惑了四十年，我当然应该回答。四十年是以色列人在旷野游荡的时间，无法挽回，用现在的话说，是不可逆转的时间。"

　　她笑了。

　　"啊，修女在解释《出埃及记》时经常这么说。"

他怔怔地注视着她。

"看来罗撒的记忆力也没想象的那么好。我不是说过嘛。我讲完这个故事的时候，你问过我。你说上帝全能，直接消除他们的记忆就行了，为什么要让他们在旷野里受苦？"

"姐姐这样问过吗？好有趣。"

妹妹嘻嘻笑了，气氛重新活跃起来。

"罗撒总是那么唐突，正直。"

他说。

"所以经常挨批评。"

她回答。大家都笑了。是的。四十年，一切不可逆转的时间。

"这么看来，姐姐说得有道理。哥哥你是怎么回答的呢？"

"很容易。因为是肉体啊。即使从脑海里抹掉记忆，身体也还记得。消除身体记忆需要的时间是四十年。"

听他这么说，她多少有些震惊。消除身体记忆需要的时间是四十年。

"没关系，你问吧。"

他又说道。她的脸上似乎没有了自信。他平静地微笑。她干咳一声，轻轻问道：

"那天，你为什么把我叫到汉阳公寓二层的西餐厅，跟我说那番话？"

他面露惊讶。惊讶不是因为问题的内容，而是觉得不可思议。

"什么意思，那时候我们去西餐厅了吗？汉阳公寓西餐厅，我们教堂的人经常去那儿。还有谁去了？都有谁？"

她突然语塞了。

"不记得了吗？我们还点了啤酒，面对面坐着……你让我等三年。到时候就上大学了，让我当家庭教师。"

他莫名其妙的神情没有改变。刹那间，她从他的神情中明白了。他把这些都忘记了。她的脑海里仿佛晴天霹雳。

"你不记得了吗？怎么会不记得呢？我当时拒绝了，还逃跑了，一辈子都因此痛苦得要命，可是你却说你不记得?"

应该是因为他莫名其妙的表情。她的声音急切而激昂，仿佛在争辩"我没有偷东西"。她自己听着也觉得没有自信，于是又一次感到慌张。

她合不拢嘴，轻轻摇头。真不该和他见面。

"哥哥是怎么说的，姐姐?"

妹妹问道。她轻轻呼气，停顿片刻，喝了口葡萄酒，然后直视着他。他的表情似乎带着些许的恐惧。

"那年冬天，我因为成绩优秀而提前被大学录取。那之后没多久，我们见面了。他开口祝贺我。汉阳公寓二层商街，一层是大型超市，左边有户外楼梯的那个商街。二层的西餐厅，隔断有点儿高的西餐厅。"

"是的，我记得那家西餐厅，我们教堂的人经常去那里。"

他泰然自若地说道。他的表情似乎在说，这样的不在场证明，没门儿。

"你叫我过去跟我说，从现在开始我说的话，你听好了。怎么会忘记呢。"

他穿着褐色条纹短外套和米色人造毛领子，很可爱。

"从现在开始我说的话，你听好了。"

他说话的时候，她看见他的嘴唇在轻轻颤抖。当时她知道他会说出什么样的话。两人既不能让人发现他们的爱，也无法隐藏，现在他们当中的未成年马上要长大成人了。这样的时候，两人面对面坐在有隔断的西餐厅里，"从现在开始我说的话，你听好了"。男人颤抖着嘴唇说话，她能猜出他要说什么。也许正是因为猜得出来，她才从那时就握紧拳头，做好了逃跑的准备。后来很长时间里，当她反刍回忆的时候，都是这样分析自己的感情。

他注视着她，似乎有点儿害怕。刚才他说"你和我去了远海"的时候，也许她自己的表情就是这样吧，她想。她也不记得自己跟他去过远海。

"我决定放弃神学院。现在修完了三年级，我想先参军。我打算去海军陆战队。"

说完，他执着地凝望着她。那是恐惧而又急切的目光，似乎是因为他直觉到她在准备逃跑。他恐惧的目光令她久久难忘。她为此内疚了四十年。可是，他说不记得了。

"你说你要放弃神学院，要去参军，自愿加入海军陆战队。"

她说。

"哥哥被免除服兵役，姐姐。"

妹妹插嘴说道。

"不，美好说得有道理。"

他低声说道，然后接着说：

"其实呢，我报名了海军陆战队，只是在体检的时候被淘汰了。我也是在那个时候才知道自己肩胛骨有问题。"

他的表情示意她继续说下去。

她迟疑了。也许还在颤抖，仿佛站在悬崖边上。

那时的她连啤酒都不敢喝。见她迟疑，他有些不知所措。

"我的想法是这样。先去海军陆战队，退伍回来再转入普通大学。如果情况不如意，我会重新参加高考。"

事实上，她什么都能理解，却冲他做出完全不懂的表情。他紧紧地贴着桌子边。

"我退伍的时候，你就读大三了，到时候你辅导我学习。别的科目我会自己想办法，不过数学我可能需要你的帮助。那么我可以重新考大学，然后……"

她的脑海里开始变得空白，像高瓦数的灯泡砰然炸裂，眼前什么都看不见了。

"学士，我父亲遭受严刑拷打，现在都快死了。大学解雇了他，我们家会变得很穷很穷。我说不定会离开这个地方。"

这番话她没能说出口。

她只是问：

"神学院呢？做神父的梦想怎么办？你母亲知道这件事吗？我们教堂的神父知道吗？"

她问道，却不知道自己在说什么。他似乎觉得这些都不是问题，从容地靠着椅背。

"这个我会看着办……李美好罗撒，这个世界上，我第一个告诉的人是你。"

他充满期待地望着她，继续说道：

"如果你答应，我……"

他没有继续说下去。因为她已经起身了。他的脸色变得苍白，映在西餐厅黄色的灯光下。

"对不起，我想回家了。"

他似乎明白了一切。这是明确的拒绝。如今年过半百的她能理解当时的少女。刚刚结束高考的少女怎么可能在那个瞬间决定自己的未来？他没有跟着她离开。少女是爱他的。瞒着别人默默祈祷，愿意对主做出让步，只求保佑他成为神父的时候，她的心犹如被细丝撕扯成了一条一条，很痛很痛。当他背弃主，选择少女的时候，少女却害怕了。她连围巾都没戴，拿在手里慌慌张张地走下商街的楼梯，感觉世界都在摇晃。仿佛整个宇宙都瞪大了眼睛要求她，为你的命运做出决定！那天，是他们最后的日子。比思念更深的是内疚。断绝联系的时候，她想：

"他应该已经死了。跟我讨论那么重要的决定，全世界第一个告诉我，而我却以那种方式苛责他，他肯定因为无法忍受而死掉了。"

"你说了，打算退伍回来转到普通大学，可以重新参加高考。我问，那神学院呢？神父呢？你回答说，你决定不做神父了。我又问，你母亲知道吗？神父知道吗？学校呢？你说，李美好罗撒，这个世界上，我第一个告诉的人是你。"

妹妹瞪大眼睛。他转过头去。

他不再看她。他好像没有看任何地方。感觉有些夸张，不过他好像留下肉体，独自成为宇宙的迷途羔羊了。也许他在寻找埋藏在比宇宙更广阔的潜意识里的记忆片段。一定要这样吗？仿佛有人这样问她。四十年前的事了，翻出来做什么？她突然觉得坐在这里是那么艰难，甚至后悔和他见面了。但是，还有比这更重的悔意扑面而来。她从未想过这样的结果。四十年来念念不忘的问题，竟然变得如此荒唐，她想。这是压根就不可能的事。

"那时我是即将高中毕业的女生，当时我不能说，父亲被解雇，生病在家。我无法回答你。我没想好该怎么说，不过好像还是嘟嘟哝哝说了些什么。我什么都不能承诺。我还太小了，你可以按顺序安排自己的人生，可我怎么可能……"

嘀嘀咕咕说完之后，她笑了。

"不过今天我才知道，你就是这样的性格。就像今天，我为了时隔四十年的见面而从迈阿密来到纽约，而你从早晨开始先做什么，再做什么，吃什么都确定好了。如果我不回答，你就发送同样的消息，一模一样。"

兄妹俩望着她，没有再笑。

"姐姐，然后呢？"

妹妹问。

"……这个场面我回想了四十年，那时的你看起来很沮丧。我好像是这么认为吧。按照自己的想法确定了顺序和计划，还让我按你的决定去做，我只能说 YES 或 NO。我不喜欢这样。你什么都没有对我说，一句都没跟我商量……"

这样说的时候，她在心灵手册上写下了第五条特征。

5.他必须为所有的事情确定好顺序，做出计划，否则无法忍受。

他执着地凝视着桌角。四十年前的他和今天的他，终于像双胞胎似的重合了。

"我好像起身离开了，我也记不清楚了。我记得你最后的眼神。你不可思议地注视着起身的我，你的眼神让我感觉好可怕……我径直回了家，然后我们就断了联系。"

妹妹全神贯注地凝视着葡萄酒杯。

"对不起，四十年了。你把那么重要的决定第一个告诉我，要求我参与你的计划，我却嘀嘀咕咕地逃跑了，再也没有见面。你可能不相信，这四十年来，我一直想跟你说对不起。哪怕是拒绝，至少应该以朋友的身份温柔地陪伴在你身边，当时你的自尊心受到了多么严重的伤害，而且我毫无缘由地消失了，对不起，真的对不起。"

说完，她呼了口气，轻轻地笑了。

"前不久我才知道，你很快就结婚去了美国。我在一年前才知道这个消息，内疚感消失了，我很开心。不过我也感到好奇，那为什么要和我见面呢？我想问问，既然要和别人结婚，那为什么还要跟高三的我说这些话，为什么？"

随后而来的是迟钝而厚重的沉默。服务员走过来，告诉他们饭店马上就要打烊了。他的脸上带着意想不到的冷静，她神情惨淡。他要了发票，从羽绒服口袋里拿出钱包，支付现金。这家餐厅很贵，他付了厚厚的纸币。妹妹的声音有点儿尖锐。

"哥哥！放回去吧，用我的卡结账。"

"说什么呢。罗撒来了，当然得我请客。"

他的声音依然低沉而平静，调皮的表情完全消失了。回想起的不是相爱的往事，而是拒绝他的最后场面，这让人心痛。餐厅外面依然刮着风。

22

"要不要再喝一杯？"

他拢了拢外套，问道。他的神情意外地平淡，僵硬的样子透露出内心的矛盾。他站在黑暗街头的路灯下问她，妹妹先回答了。

"好的，哥哥，我也还想喝。"

三个人绕过曼哈顿的街角。他熟练地走向通往地下的台阶。招牌上写着PERPETUUM。她也认识这个单词，"永远"。

脱发的中年老板看着像是阿拉伯人，系着黑色围裙走过来跟他打招呼。看来他是这里的常客。

她问：

"冰镇玛格丽特鸡尾酒，可以吗？"

她刚点完，老板显得有些困惑。他跟老板耳语几句，老板向她示意，表示可以。他点了大杯双份苏格兰威士忌，妹妹点了苏打水。

"冰镇玛格丽特鸡尾酒，是龙舌兰基酒，看来你喜欢？"

他淡淡地问，语气就像对待合作伙伴。现在，好像站到了万物坍塌的归零地，这让她觉得很轻松，又像扔了哑弹归来的特战队员，多少有点儿沮丧。也许正因为这样，她的回答才带着挑衅意味。

"是的，我喜欢。颜色好像那天的西海。"

他闭上了嘴。独自埋藏四十年的愧疚和自责变得毫无意义，这样的报复可以理解，她自己这样认为。也许是借着酒劲儿的缘故。

"我已经听你讲完了恐龙和昆虫，现在我要讲冰镇玛格丽特鸡尾酒。玛格丽特，好像是一九四九年，一位洛杉矶的调酒师研发出来的。年轻时爱过的女人死了，女人名叫玛格丽特。为了永远记住她，调酒师研发了这款鸡尾酒。或许那个女人死在这种颜色的大海里吧？我自己经常这样想。有一首歌这样唱。"

在玛格丽特村再喝一杯，度过了一天
寻找消失的盐瓶
有人说要怪某个女人。

可是我知道，

那不是任何人的错。

他缄口不语，猛地喝光了大杯苏格兰威士忌，从座位上站了起来。酒吧中央有一架巨大的三角钢琴。他坐到钢琴前面。她在听。离开迈阿密之前，自己在酒店里听见的钢琴曲。

时间真的是直线流淌的吗？离开迈阿密之前，辗转难眠的她耳边响起的声音，钢琴的声音，那是埃里克·萨蒂的《吉诺佩蒂舞曲》第一号。

高一的圣诞节，父亲第一次允许她出门。那天夜里，他弹奏的就是这首曲子。

那是她从未听过的旋律。倾听的时候，不知从哪里飘来了热牛奶的味道。演奏完毕，他看向她。她说：

"钢琴里飘出热牛奶的味道。"

这是至高无上的赞美，不知他有没有听懂。热牛奶的味道？他问，只是笑了笑。

在西海岸梦游岛的夜晚，他也弹奏了放在他们住过的小学教室角落里的钢琴。当《吉诺佩蒂舞曲》的旋律犹豫着慢慢响起的时候，每当按键的手指短暂停留的瞬间，他都会看她，带着微笑。钢琴发出一个音节，就像升起一颗星星，嵌入她的心里。璀璨而疼痛。现在，他不再看她了。或许他的灵魂已经到达了那片海。她注视着他的侧脸，任由西海的波涛在蓝色的玛格丽特杯子里荡漾。记忆涌上他的脸，犹如潮水慢慢靠近。不是也没关系，她想。问题是过去的他们，而不是现在的他们。回忆也许就是这样。四十年，消除肉体记忆的时间。

人们陆陆续续地离开，回去睡觉了。

"不困吗?"

他拿来野餐用的木柴，放在沙子上，问道。此刻，篝火旁坐着他和他的妹妹，还有另一位女教师。

"不困。"

她回答，眼睛更加炯炯有神了。他背起靠着她睡去的妹妹。妹妹趴在哥哥背上，回了房间。有月亮吗? 有星星吗? 不记得了。他回来的时候，除了他和她，还有谁，也不记得了。她没睡，他坐在离她两三步的地方。木柴燃烧的声音穿透了波浪声。黑暗降临，四周什么都看不见了。正如他所说，宇宙敞开在他们面前。宇宙里充满了幸福。从那之后，再也没品尝过那样的满足感。

初恋。再也回不去的日子。

"你知道海水为什么是咸的吗?"

她说。

"那是因为，水在流入大海之前溶化了地上的无机物。"

"十个字以内。"

他犹豫了。她回答说:

"裙带菜藏起了泡菜味。"

他仰头大笑。

"喂，约瑟，你回去吧。李美好罗撒，你也回去睡觉吧。"

不知什么时候，主日学校的女教师走出宿舍，站在他们身后斩钉截铁地说道。两人不得不起身了。她跟随女教师回房时，转头看了看，正在清理篝火的约瑟也在看她。两个人远远地交流着目光。真的不想回房间。她说要去洗漱，假装去公用洗手池，又回到了点燃篝火的地方。他已经不在了。

温暖的篝火痕迹之后是空荡荡的大海，白色的泡沫涌来。她站在那里。这时，不知从哪里传来钢琴的旋律。她追随钢琴声走去。绕过灯火朦胧的拐角就是音乐室。空荡荡的教室里放着一架大钢琴。她推开门，正在弹钢琴的他冲她微笑。埃里克·萨蒂的《吉诺佩蒂舞曲》第一号。

她像是被吸引似的走了过去，坐在他的身旁。她没有坐得很近。不过，也可以感觉到温度，可以稍微缓和夏夜海边的冷空气。清晰的温度传递到了裸露的肘部。四十年过去了，肉体也没有消除记忆，就在这一切都归为废墟的地下空间，将那段记忆还给了她。那时候，隔着两三个拳头而坐的两人之间，除了羞涩，还有别的存在。那就是主管永恒的神。一个人承诺愿意为他献出人生，另一个人愿意为了这个承诺而舍弃爱情。

23

"你回家的路上顺便送送罗撒。她妹妹的地址，罗撒早晨就发给我了，我转发给你。"

从酒吧出来，已经十二点多了。她站起身来，还是没有得到回答。老了四十年，这是好事。奇怪的是，她的心情反而平静如大海。他好像也是这样。也许刚才演奏埃里克·萨蒂的《吉诺佩蒂舞曲》第一号的时候，已经完成了所有的回忆和遗忘。

"慢走。"

他在曼哈顿的街头说道。他和她连手都没握。他似乎有点儿生气，其实应该是感觉到了忍无可忍的慌张。现在她对这些已经不在意了。也许是因为问题不在于现在的他，而在于过去的他。现在对她来说，问题不是过去的她，而是现在的她。

"今天谢谢你。"

风很凉。她和他的妹妹像多年的女朋友似的跑着上车。她没有回头。他好像也是这样吧。

"没想到生命中还会有这样的日子。"

他的妹妹一边发动汽车，一边说道。哈得孙河灯火明亮，时间很晚了，路上并不拥堵。

"是啊，人生在世什么日子都会遇到。"

她回答说。

"我也离婚了，姐姐。我也带着一个女儿生活。"

"哦。"

她淡淡地回答。

"离婚之后，原来看不到的东西都看到了。刚才听你说完，我觉得应该跟你说声对不起。我没想到哥哥会那么对你说……"

"他都说不记得了，没关系。"

"他是为了活下去才忘记，我知道。我知道，哥哥爱的人是你。哥哥不是那种说完以后转身就忘的人，姐姐你也知道。"

她扑哧笑了。她也不清楚此刻的笑意味着什么。但是，为了活下去而忘记这句话刺痛了她的心。她还是没能想起去过远海的事。她也是为了活下去而忘记的吗？如果她抛开所有的肉体禁忌而跟他去了远海，恐怕那也是在她对他的爱到达顶峰的时候。也许真的像他妹妹说的那样，是为了活下去。也许这是回忆无须坚持寻找的回忆，不，不去寻找更好。

"为了不让哥哥放弃神学院，妈妈动用了各种手段。对我千叮咛万嘱咐，让我不要把姐姐的电话告诉哥哥。那个时候，姐姐往我家里打电话，原来就是在那次见面之后。"

"你想起来了？"

她问。

回家一周或十天之后，她往他家里打了电话。接电话的人是他的母亲。她觉得他母亲很不好相处，但她以为对方不知道自己的存在，就说了出来。直到现在，她还记得自己拿着酒红色的公用电话筒慢慢说话，忍不住瑟瑟发抖。既是天气冷的缘故，也是因为他母亲的发音令人恐惧。诱惑神学生的自责，以及拒绝他而产生的愧疚，然而比这些加起来更强大的理由，是太想他。

"我是李美好罗撒，现在是主日学校的老师。我有事要告诉约瑟学士，所以给他打电话。等他回来，请您务必转告他。他知道我家的电话号码。"

从那天开始，她每天都坐在客厅的电话机旁。外出回来就拉着家人问，有没有人给自己打电话。坐在客厅里，拿起没有响的话筒，反复确认是不是电话坏了。这样的情景又有多少次？再打电话到他家的时候，他的妹妹接了电话。

"嗯，我是美好姐姐啊。我给学士打过好几次电话，他都没有联系我。"

他的妹妹回答说：

"姐姐，我听说了。妈妈告诉哥哥了，我也告诉哥哥了。他说知道了啊。"

他的妹妹喜欢她，听她的话，因此她从来没有想过妹妹也会说谎。

"今天我有东西要交给他，我会等着他，你帮我转告一声。我在公园里等他。"

那是很冷的冬天。那天还是她的生日，不过她没说。

"我告诉哥哥了，说姐姐已经打过三次电话。姐姐你不用担心。"

也许妹妹是故意耍心眼才那样说。那时候，妹妹应该想不到她会在那么冷的天气里傻傻地等待两个多小时。那天夜里，那么寒冷的冬天夜里，在她十九岁生日的夜里，她在自己确定的时间之后又等了两个小时，拖着冻僵的脚回了家。

"对不起，姐姐。"

"哎呀，算了，四十年前的事了。"

"那也是我对不起你……我一直觉得，如果犯了小错误，承认了，就只是个小错误，要是固执地不肯认错，问题就会变大。"

妹妹停在红灯前，揉搓着没戴手套的双手。

"哥哥和现在的嫂子认识没多久就结婚了。我和妈妈都没想到。我们知道哥哥有多喜欢罗撒姐姐，所以丝毫不担心别的事情。人生常常是这样……像突袭……对了，姐姐你也认识我嫂子吧？都是主日学校的老师。"

她摇了摇头。

"知道长相和名字，可是我在三个月后就离开了那个小区和教会，真的不了解。"

"妈妈说我们是受到惩罚了，被那个黑腹泥蜂似的女人。"

她感觉自己突然醒了酒。

"黑腹泥蜂?"

"嗯，哥哥喜欢的《昆虫记》里就有。抓住象鼻虫之后，将它活活麻醉，不让它死，也不让它逃跑，再慢慢吃掉。"

"啊，节腹泥蜂? 那太过分了。"

"节吗? 不是黑? 反正就是那个疯狂的蜂。"

妹妹似乎有点儿难为情，紧闭嘴巴，接着又说道:

"很过分。妈妈做那些事的时候，我也这么说。可是并没有说错。刚才哥哥不用信用卡，而是用纸币结账，你看到了吧? 哥哥在这边也是成功人士。公司所有人是嫂子和哥哥，可是嫂子每天打高尔夫、旅行，几乎不在这里。全部业务都是哥哥负责。哥哥公司的椅子还上了杂志。哥哥刚刚搬到曼哈顿上东区，那里的精品店也有哥哥公司的卖场。可是呢，当韩国朋友来的时候，哥哥连信用卡都用不了。"

妹妹说。无法理解。

"还翻手机，要是有发给女人的信息，和女人的合影，她会闹个通宵。哥哥就这么过了四十年。"

她想起他僵硬地说"把你的手机给我"的情景，终于理解了。仿佛拼图一片一片拼起来，丑陋而悲伤的画面暴露在眼前。

"我太不考虑别人的想法，只顾自己，是吧?"

她想，所以他才会说出这句话。

"尤其是哥哥读神学院的时候，教堂里的人，嫂子最讨厌那些人。"

她使劲咽了口唾沫。人生就是这样无情。

"听说嫂子发现了姐姐从德国寄来的那些信。哥哥藏得很深的……四十年来，只要有人从韩国来，尤其是我们教会的人，嫂子就很难受。没想到美好姐姐现在才来。"

她明白妹妹说的是什么意思，好像在说人生就是这么残酷无情。

"现在说这些已经没有用了，不过当时哥哥并不想放弃神学院。今天我听了你们说的话，感觉他更想留住姐姐。姐姐拒绝了，他也就没有了不放弃的理由。我想起来了。从某一天开始，哥哥就像变了个人。天天喝酒，也不参加弥撒。我和妈妈都以为哥哥是因为光州事件受了刺激。

"我们无法相信，眼睁睁地看着开朗调皮的哥哥一天天地变了。现在我也不清楚，到底是因为光州事件，还是因为嫂子……今天听你们说完，我知道了，也许是因为美好姐姐。"

"怎么说呢……人生哪有那么分明？说不定都有缘故呢，也可能是因为罗梅洛总主教。"

"罗梅洛总主教？"

"嗯。"

妹妹没有继续追问。

人生中的某个时节，当我们变成了我们之外的人，谁能用镊子夹起这个理由说，就是因为这个？应该是春天到来的时候，曼哈顿却刮起暴风，使春天无法来临，不是吗？

"其实在那之后，我好像还见过你哥哥一次。"

她说。突然，她清晰地想起那天的情景。妹妹惊讶地看着她。

"今天我才想起来。好像是离开那个小区不到一年的某个日子。我还没去德国，还没有离开学校。当时我搬到首尔郊区了，你也知道。清晨我准备在明洞换乘公交车，看到你哥哥站在那儿。看着不像是在等车，他就站在某个建筑物的房檐下面。我很惊讶地走过去。现在我还记得。你哥哥好像没认出我来。不对，他用冰冷的目光质问，你是谁？不，也不是。眼睛看着我，其实并不是在看我，而是穿透我的眼睛，穿透我的后脑勺，看向某个遥远的地方。"

她想补充说就像今天这样，却又没有说。

"是吗？那段时间哥哥还没辍学，经常在外面过夜。姐姐，原因是……"

妹妹闭上了嘴。她也没有追问。她们都不再是小孩子了。

"我是在上学路上，可我觉得不能错过这个机会。我说，我们找个地方喝杯茶吧。当时是七点半左右吧？大早上去哪里喝茶，你哥哥摇了摇头。很果断。那天他要求我等他参军回来，我连明确的拒绝都没说，径直起身离开，所以他恨我，不能原谅我。想到这里，我很自责。他可能很生气吧。我想把家里的电话告诉他，然而被驱赶到郊区的我们家穷得连电话都装不起……我的自尊心也崩溃了。后来我乘公交车上学去了。那是最后一次，如果算是见面的话。"

妹妹静静地凝视前方，看了看她。

"上帝太过分了。为什么偏偏在那个瞬间让哥哥再次见到姐姐。早晨七点半，哥哥怎么会在那里呢?"

她从来没想过这个问题，感觉心坠落了好几层台阶。年近六十了，竟然还保留着这份感情。她慢慢地眨了眨干涩的眼皮。

她记得他的表情。面无表情，像今天在餐厅里。甚至比那更冷，比那更麻木。

"姐姐，我哥哥的心情会怎样呢? 为什么偏偏赶在没上学，在外过夜回来的早晨遇到姐姐。"

她和妹妹都沉默了。

"我和妈妈说了。除了让哥哥快点儿结婚，没有别的办法。她把哥哥带到这里，她的娘家人都在这边。嫂子绝对不是坏人，她真的很喜欢哥哥，现在也喜欢，所以什么都好，只是她不相信哥哥。因为太、太喜欢了，所以她会翻看哥哥的随身用品，哥哥不能见任何人。所以今天哥哥把我叫了出来。只有我和妈妈例外。嫂子最讨厌我们韩国教堂的人。我们教堂的人是哥哥保留到最后的韩国纽带，每当这些人来的时候，哥哥和嫂子都会大吵。妈妈说还不如离婚算了。有一天，哥哥却说：'妈妈，我向主做过承诺，背叛了一次。如果这次再那样做，就是第三次了。'没多久，孩子们接连出生了，四个呢。"

车沿着哈得孙河行驶。她的眼睛盯着前方。如果说她的心是曼哈顿，双子大厦已经坍塌，整个城市仿佛都在燃烧。归零地。

"姐姐……你不问为什么哥哥说是第三次背叛吗？"

妹妹问。她咬紧了嘴唇。

不一会儿，她说：

"感觉今天比四十年还要漫长……不，好像比我的人生更漫长。"

"我也想流泪，姐姐……哥哥想死。为了保护哥哥，四个孩子都是我和妈妈照顾。不让嫂子生气，嫂子才能不惹哥哥，只有这样，我们才有活路。如果不是骑自行车，如果不是每天骑行几十公里的长距离，说不定哥哥早已经死了。"

她目不转睛地盯着映在哈得孙河面上的曼哈顿夜晚的灯光。这时，一道强光照来，河水变成了白色。那是闪电。顷刻之间，世界变成了黑白电影。风依然猛烈。一切似乎都没有意义。又一道闪电划过。疼痛终于开始了。

"风这么大，看来要有暴风雨。过了皇后区大桥，找个合适的位置把我放下，你快走吧，路上小心。"

"嗯，天气预报也这么说，有暴风。姐姐也要小心，别感冒。"

她们没有相约再见。

24

好像整个胸部都患上了牙疼，起初是轻微的疼痛，慢慢地，慢慢地加重。

也许是时间太晚的缘故，客厅里亮着一盏低瓦数的灯，妹妹家在二楼卧室，好像都睡着了。她想从冰箱里拿水，却坐到了餐桌旁。

"姨妈，辛苦不在于用脚尖跳舞。最辛苦的是别的孩子在舞台上跳舞的时候，我们静静地站在后面。可是我们的芭蕾舞老师说，这种站立也是跳舞……"

她想到了这句话。既然站着不动也是跳舞，那么停止的疼痛也不意味着消失，而是在继续。会不会是在发酵呢。爱情和思念亦然。现在，发酵的思念和痛苦打开盖子散发出来，代她行使主人的权利。对于疼痛她束手无策，猫着腰站在餐桌旁。手机响了。他的妹妹。到家了吧？礼节性地问候之后，妹妹稍作迟疑，说道：

"对不起，姐姐。哥哥让我千万不要说，从上个月开始，哥哥和嫂子就分居了。我不想再说谎让你们两个分开了。我不管了，上帝自有分寸。姐姐，我想你，很想很想。不是为了监视，真的。姐姐你也知道，人生为什么要这样，该相见的人不能相见，不想见的人却非见不可……姐姐，我想哭……今天和姐姐见面很开心，可我到了家门口却不敢进去。我怕看见妈妈，我们都会哭。我们都知道，哥哥这辈子都不幸福。"

应该笑，还是应该哭，她什么都不知道。她连外套都没脱，瘫坐在那里。这时，女儿发来了消息。

——妈妈顺利到达了吧。见到初恋了吗？怎么样？我很想知道。我想和妈妈视频通话，担心打扰妈妈的约会，还是发消息吧。妈妈，你怎么跟外婆说了我的事？外婆刚才和我视频通话，看见我就哭了。说我太难了，怎么办呢。问我想吃什么，要不要给我寄零花钱。还说这个世界，不管美国、德国还是韩国，男人都不把女人放在眼里，但是不要沮丧，延续上帝的创造事业的归根结底还是女人，男人这么做是出于嫉妒。嘿嘿，因为外婆，我也难得地开怀大笑了。对了，妈妈，外婆说等我生孩子的时候她要回韩国，给我煮海带汤。外婆您说什么呢？我不用。外婆说，你妈妈知道什么？就生了一个孩子，我生过三个孩子，我懂。妈妈，外婆太酷了。妈妈，妈妈的妈妈都是很酷的人，我也会成为很酷的妈妈。

这时，一层母亲的房间门开了。母亲手里拿着一册文库本。挂脖老花镜垂在睡衣下面。看到外套都没脱，坐在餐桌旁的她，母亲说：

"这么晚啊。"

母亲走到餐桌旁，打开冰箱。

"妈妈，有泰诺林吗？"

母亲从冰箱里拿出橙汁，转头看她，想了想，说道：

"心里难受吗？"

她心里一惊，突然意识到也许自己和母亲很像。竭尽全力不让腰围尺寸增加，面对让自己痛苦的男人瞬间变得无动于衷，碰上重要的事情就逃跑，对于母亲的厌恶或许就是厌恶自己体内和母亲相像的部分。母女二人是如此相像，看到她的表情，母亲立刻就明白了。临终之际，父亲拉着她的手留下那句像遗言似的话，"离开这个国家"，那时她也没能对父亲，对深爱的父亲说："父亲，我会守着您。"长期生病的父亲身上有股难闻的气味。胡子长长的父亲不再是年轻英俊的教授，更像是衰老的流浪汉。她讨厌这样的父亲，感觉很陌生。她更像自己经常批判的妈妈。人生浓缩了她的错误，然后在这个瞬间像释放关在圈里的野兽似的呼啦啦释放出来。它们践踏着她安稳的日常生活，拨开她的伤口。她无力阻止。

"嗯，难受，妈妈。"

很意外，这次她很顺从地回答。

"等一下。"

母亲回到房间，很快拿着两粒药出来了。母亲去拿水的时候，她看了看母亲读过放下的书。海明威的《太阳照常升起》。她想起葛丽泰·嘉宝出演的电影，嘉宝饰演的女主人公有着令人难以置信的魅力。

"回头看看，痛苦也是人生。经受了伤痛，有的人会留下创伤后应激障碍，这也没错，不过受伤之后也能成长。如果经历了巨大的痛苦，偶尔我们也会成长。认为受伤只有坏处，那是只知其一，不知其二。不要逃避，逃避是不行的。这就像冲浪，只有越过波涛才能到达更远的大海。只是在这个过程中有黑夜，也有白昼，有沉默，也有喋喋不休。年轻的时候死也不明白，现在你也五十多岁了，应该可以理解。别太难受了。这样会伤身体，会变老，还会长胖。"

母亲说道。语气出人意料地平静，宛如饱经沧桑的女前辈。她抽了抽鼻子。听了最后这句话，她轻轻地笑了。

"我有很多恨，很多怨。可是活到现在，已经到了不怕死的年龄，可以对爱的人说我爱你，对恨的人说，天冷吧……人生在世，除了这两句话，还需要别的吗？好像这就是全部了，美好啊。"

突然，她转头望着母亲。没有化妆的脸上布满了老年斑，散开的头发因为长期染色而干枯，没有了光泽。站在那里的是衰老而瘦小的老人，然而她第一次觉得母亲是那么美丽。长期的努力使得腹部没有凸出，肩膀依旧舒展，神情沉着而傲慢。她情不自禁地走向母亲，拥抱着她。母亲比想象中更弱小，比想象中更瘦削，也比想象中更柔软。除了在机场告别的时候，她已经很久没有这样用心地拥抱母亲了。感受母亲的肉体也是很久没有的事了。她说：

"妈妈，我想过了，海明威被初恋伤得很深。海明威付出了真心，然而那个女人无视海明威的真心，没有慎重地接受海明威的感情，只是把他当作无足轻重的恋爱对象，也不相信他的真爱。有一天，激愤的海明威得知自己遭到了背叛，受到无法挽回的伤害……后来她去美国中西部海明威的家，海明威拒绝了。那时他已经身受重伤，无法接受她。她给海明威造成的伤害，使他终生彷徨。"

"那又怎么样？不过是他为风流找的借口罢了。"

母亲斩钉截铁地说道。她情不自禁地哈哈大笑。这才像她的母亲啊。夜深人静，母女二人就那么站着，愉快地笑着。

25

迈阿密海边吹来了温柔的风。海边和酒店露台之间有个酒吧，老师们聚集在这里，为明天去纽约的美好送行。主题依然是初恋。

"我想说说我母亲的故事。"

说话的是英文系的李教授。平时不怎么说话，性情明朗。

"我父亲是著名的律师，不知道你们听说过没有，他为总统做过事。"

她突然想起以前听说过李教授家境优越。

"当时父亲只是贫穷人家的长子，毕业后准备司法考试，三十岁了才相亲，遇到了我母亲。母亲出身于普通人家，是个普通的女性。怎么说呢，除了这个词，我不知道还能用什么来形容母亲。父亲对母亲一见钟情。他们结婚后感情很好。母亲生下我们兄弟姐妹五个，在我小学时生病去世了。我最小，当时年纪太小了，趴在哥哥背上，都不知道哭。"

早已去世的父亲和母亲，他们的初恋又有什么意义呢？不过，教授们还是静静地倾听。

"后来，父亲从乡下接来了远房奶奶。我们兄弟姐妹五个就在这位奶奶的照顾下长大。长大后回想起来，亲戚们常常劝说父亲再娶，然而父亲丝毫不为所动。我对父亲记忆最深的是，哪怕前一天喝酒很晚回来，第二天早晨也会参加弥撒。这点真的给我留下了特别深刻的印象。"

临终之际，有福的父亲在医院的临终关怀病房里和我们兄弟姐妹五人道别。说完其他话题，父亲最后说道：

"我死以后不要为我做祭祀，赶在你们妈妈的祭日为我和你妈妈举行安魂弥撒，为我们祈祷就行了。我不知道自己算不算有信仰的人。我只是想起了你们妈妈去世的时候。我不知道神灵是否真的存在，可是我真的感谢这个宗教，它给了我再见到她的希望。奇怪，从第一眼见到你们的妈妈，我就爱上了她，直到现在从来没有停止过这份爱。共同生活的二十年里，她离开到现在的四十年里，这份爱从来没有离开过我。今天我要离开这个世界之前，我最想见的人就是你们的妈妈，太想念她了。"

两天后，父亲闭上了眼睛。我也爱我的妻子，常常对她心怀感激，然而听了父亲的话，我在想，这样的爱情真的可能吗？年轻时候共同生活的二十年也就罢了，死后四十年还可能吗？去年，我在纽约曼哈顿的"9·11"纪念公园里看到了维吉尔的诗句。

No day shall erase you from the memory of time.

（即使日夜轮转，也不能把你从时间的记忆中抹去。）

No day, shall, 他念出英文诗句的时候，shall，这个单词刺中了她的心。小时候的英语课上背过的单词，这个单词包含着命运、宿命，或未来。众人静静地干杯。每个人都闭口不语。战胜时间的，战胜死亡的，那是爱情吗？她在迈阿密的海边想。

26

　　母亲睡着以后，她还是无法入睡。她去厨房倒了杯威士忌，加入冰块，回到房间。窗外狂风敲打着窗户。突然间，她很想看看顺天金芚寺的红梅花。她打开手机。眼睛失焦的她，背对着世贸购物中心。他是多么紧张啊。她看了看女儿发送的红梅花。她简单地发了条短信：

　　　　我这一辈子，常听人说

　　　　你会永远孤独。

　　　　红梅花。

　　　　薄薄的刀刃划过心脏

　　　　我也变红的黑夜……

　　　　没有誓言

　　　　没有分别，春天走了。

喝完威士忌，她关上灯。黑暗之中，神经像刺猬似的竖起。今天发生的事，时隔四十年的邂逅凌乱地吹到她的枕边。窗外的狂风仿佛是她内心的声音，这么说似乎并不夸张。她无法平静，就像刚刚看完刺激的电影回来。不知从哪里传来笨重物体破碎的声音。竭尽全力延续至今的平静，因为今天的相遇而支离破碎。不是悲伤，也不是痛苦。不是心满意足，也不是孤独。只是和他分别之后四十年的人生，犹如过山车般闪过她闭着的双眼。

幸福过吗？不知道。不幸吗？有时候是的。她感觉自己正注视着曾经朝思暮想，却在以为触手可及的瞬间终于没能碰到的爱情，再次离她而去，旋风般向上涌起，随即消失了。想着这些，她翻了个身，不由自主地吐出短暂的呻吟。

如果有人问，她会这样回答。一切，就像出生死亡，一切，就像出人意料的相逢和分别，除了命运，无法用另外的语言说明。

你有没有爱过某个人，倾尽一生去爱？如果这样问，她会回答，这对我来说也是个疑问。如果问她后不后悔，她会回答，这个问题太荒诞了。

一辈子都没有人这样问。她从来不曾用过shall这个单词。

她再也睡不着了，坐起身来。

妹妹家陌生的书房外刮起了风。不能再喝酒，也不能看书，这是个不甚明朗的夜晚。她走到窗前，俯视窗外。院子的路灯下，叶子落光的樱花树下，灌木丛迎接暴风的洗礼。心底升起的压力在膨胀。从心底膨胀起来的压力过于强烈，室内的热空气令她窒息。她把外套披在睡衣上面，妹妹给她的黑色针织围巾搭在肩上，像披风。她慢慢地推开玄关门。寒风犹如凶猛的波涛，牵引着她。奇怪的是，她没有被狂风压倒，反而感觉很新鲜。仿佛被什么吸引着走出来，然而寒风似乎抽走了她体内的压力，轻轻抚摸着她。有时会变得格外敏感。这样的时候，她就听年轻的郑京和[1]演奏的门德尔松《e小调小提

---

1 郑京和（1948— ），韩国著名小提琴家，出身于首尔音乐世家，四岁开始学钢琴，两年后主动学习小提琴，展现出卓越的音乐天赋，十岁开始登台演奏。毕业于美国茱莉亚学院，新英格兰音乐学院荣誉博士，被誉为现代小提琴艺术王国的新皇后。——译注

琴协奏曲》第一乐章。不论她多么敏感，多么尖锐，都不可能像演奏时的郑京和那样敏感，那样尖锐，因此神经而敏感的弦常常会压制住她尖锐到极限的神经。于是，比她心里更强烈的暴风在某种程度上平息了她心里的暴风。

她光脚穿上靴子，披着外套，睡衣露在外面。抬起头来，眼前分明站着陌生的物体。陌生的汽车停在妹妹家院子前的公路上。妹妹家的车停在车库，门前的公路上应该什么都没有才对。突如其来的风景犹如飞碟从天而降。她看了看，汽车发出低沉的声音，轰隆隆地发动了。门静静地打开，一个人平静地出现在黑暗而猛烈的风中。

她的头发竖了起来。她用搭在肩上的针织围巾包住了头。

他缓缓地走向她，仿佛从远海归来。远远地，目光相遇了。时间失去了节奏，开始缓慢流淌。失去节奏的不只是时间。在冰冷、强烈而粗暴的风中，她清晰地感觉到温暖的气息凑近小腿，裹住了脚腕。正如把身体泡在海洋里游泳，感觉到的不是托起身体的水，而是另一种温度的潮水，此刻温和的气息正从小腿向腰间，又向着后背盘旋而去。浅浅的翡翠色的大海。他朝着新泽西边缘住宅区的她走来，大海涌向他们。

翡翠色的西海很温暖。说是遥远的海，然而水似乎并不是很深。她跟着他向前游去。不知游了多久，他突然问道：

"害不害怕？要不我们回去？"

她回答说：

"不用，我没事。"

不一会儿，他又问：

"真的不怕吗？要不回去吧？"

十八岁的她回答说：

"不用，我没事。继续游，我们。"

又游了很长时间，他问：

"害不害怕？要不回去吧？"

"一点儿也不害怕。"

她的声音听起来得意扬扬。他的脸上突然弥漫着恐惧。他有点儿尴尬地说：

"还是回去吧。已经游到了远海。"

遗失四十年的最后一块拼图凑齐了，平静的大海终于荡起了温柔的浪花。

27

难道为了唤醒沉睡四十年的记忆而必须刮起这场暴风吗？完美的信任。也许完美的信任并不是对神灵，而是属于少女时代的她对他。在父亲被带走之前，在父亲归来和患病之前，在她拒绝他，离开那个小区之前。

曾经是多么信任的人，她却深深地埋葬了对他的记忆。如果没有这次邂逅，记忆永远都不会醒来。所有的过去决定了现在，现在又影响着未来，所以她那么不幸。她以为全世界除了父亲，她不相信任何人，不相信任何男人。很快就厌倦，不屑一顾。人生是悲伤的黑白色。

当记忆复活，仿佛回到十八岁那年的夏天，那时海水的颜色、温柔地包裹她身体的温暖潮水，以及那时他看她的表情，一切都变得不同。她相信他，他爱她。埋在黑暗之中的部分过去被这次邂逅的聚光灯照亮，过去又让现在恢复了色彩，变得不同了。最后的记忆拼图凑齐了，风景变得截然不同。她看出他也凑齐了丢失的拼图。那天在翡翠色的大海上怜惜地注视着她的人，带着同样的目光穿过暴风雨向她走来。他们曾经相爱，只有过去才重要。无论是那时，还是现在，未来都与他们无关。

"对爱的人说我爱你，对恨的人说，天冷吧……人生在世，除了这两句话，还需要别的吗?"

她想起母亲的话。她翕动嘴唇，似乎要像母亲那样说，却意外地流下了清澈而明净的泪水，温暖得就像那天的大海。在地球另一面，顺天金苣寺的一百朵红梅正冲破花蕾，盛大开放。

作家的话

有人问写作的必要条件是什么，我回答说：

痛苦、孤独和读书，这三种。

说到写作，不是短篇，而是厚厚的长篇，就像喉咙疼痛时把荷氏糖果含在嘴里渐渐溶化，将我此生的骨头渐渐溶化，变成墨水。碎片时间白白度过，漫长的时间要用袋子覆盖，才能挤出像兔子屎似的句子，很多时候活得根本不像人样。

孤独是理所当然的，也必须这样。

最近我住在蟾津江边。因为是乡村，黑暗来得更快。

我在这里选择的寂静和孤独，犹如冬天江面上的薄冰，在我的心里落下帷幕。

比水面更深的地方还有很多漩涡，我把漫漫冬夜盖在身上，躲进记忆里，像盖着黑色的厚被子。小说就在这期间诞生了。

世界依然喧嚣，永远都存在不合理。

每当愤怒涌起的时候，我能做的事情就是发送莫尔斯电码，为那些因为不合理，因为暴力和阴谋而痛苦的人。可是现在我明白了。我在这里全心全意发送的安慰和爱并非微不足道，这是宇宙的秘密。

剩余的时间我用来审视自己。

我的内心广袤如宇宙，盛着几千部小说。它们像大海波涛起伏，有时恨不得将我掀翻，有时静静地唱歌。

偶尔世界责难我的时候，当我对荒唐的陷害感到恐惧的时候，我会更加仔细地审视自己。我观察自己会被怎样的责难动摇。那里应该留有我应该放弃的欲望残渣。尽管我对那些欲望束手无策，如果可以的话，我已经成为圣女了，可是至少我想了解。究竟是什么，现在我依然没有得到，依然在渴望。

整个冬天，我都在孤独中缓慢写作。更多的日子，我踱来踱去，一个字也写不出来。比精神更快衰老的肉体妨碍了我，我的工作变得缓慢而艰难。可是，我会一直写下去，只要上帝允许我写，直到死亡。我在写这部小说的时候这样想。

亲爱的卢卡奇，曾经说过"对那些极幸福的时代来说，星空就是可走和要走的诸条道路的地图，那些道路亦为星光所照亮"的卢卡奇，我可以重读你的《小说理论》。

附言：我只能说这样的话，这样的处境很悲伤，不过这部小说当然是虚构。

2020年红梅花绽放的春天　蟾津江边

孔枝泳

本书引用作品出处

第18页《一棵树的话》，引自《话语归来的时间》，罗喜德著，文学与知性社

第20页《从根开始》，引自《话语归来的时间》，罗喜德著，文学与知性社

第75页《熄灭我的眼睛》，引自《杜伊诺哀歌》，赖内·马利亚·里尔克著，孙载骏译，The Open Books Co.（打开的书）

第78页《耶稣会神父阿尔弗雷德·德尔佩》，玛丽安娜·哈斐希著，金容海译，诗与真实

第97—98页《爱如何走近你》《白菊花盛开的日子》，引自《里尔克诗集》，赖内·马利亚·里尔克著，宋永择译，文艺出版社

第131—134页《希望的先知奥斯卡·罗梅洛》，斯考特·赖特著，金根洙译，ARTE（美术）

图书在版编目 (CIP) 数据

远海 / (韩) 孔枝泳著 ; 徐丽红译 . — 北京 : 北京十月文艺出版社, 2023. 8
  ISBN 978-7-5302-2321-5

  Ⅰ. ①远… Ⅱ. ①孔… ②徐… Ⅲ. ①长篇小说—韩国—现代 Ⅳ. ① I312.645

中国国家版本馆 CIP 数据核字 (2023) 第 127973 号

著作权合同登记号 : 图字 : 01-2023-3144
Copyright © 2020 by Ji-young Gong
All rights reserved.

Originally published by Hainaim Publishing Co., Ltd., Korea
This edition is published by arrangement Barbara J Zitwer Agency
and KL Management through Andrew Nurnberg Associates International Limited

远海
YUANHAI
〔韩〕孔枝泳　著
徐丽红　译

出　　版	北 京 出 版 集 团	
	北京十月文艺出版社	
地　　址	北京北三环中路 6 号	
邮　　编	100120	
网　　址	www.bph.com.cn	
发　　行	新经典发行有限公司	
	电话 010-68423599	
经　　销	新华书店	
印　　刷	北京盛通印刷股份有限公司	
版　　次	2023 年 8 月第 1 版	
印　　次	2023 年 8 月第 1 次印刷	
开　　本	880 毫米 × 1230 毫米　1/32	
印　　张	7	
字　　数	100 千字	
书　　号	ISBN 978-7-5302-2321-5	
定　　价	52.00 元	

如有印装质量问题, 由本社负责调换
质量监督电话　010-58572393

.